L'AMOUR EST FOU

Né en 1949, d'origine bretonne, Yann Queffélec s'initie à l'écriture en lisant en secret les manuscrits de son père, le romancier Henri Queffélec. En 1978, il décide de devenir écrivain après sa rencontre avec l'éditrice Françoise Verny. *Les Noces barbares* est couronné du prix Goncourt en 1985. Queffélec a publié depuis plusieurs autres romans.

Paru dans Le Livre de Poche :

LES AFFAMÉS

L'AMANTE

LA DÉGUSTATION

HAPPY BIRTHDAY SARA

MA PREMIÈRE FEMME

MOI ET TOI

YANN QUEFFÉLEC

L'amour est fou

ROMAN

FAYARD

ISBN : 978-2-253-12440-5 – 1re publication LGF

Bienvenue aux lectrices et lecteurs de cette histoire en principe autosuffisante, lisible en dehors de tout vademecum. Mais peut-être n'est-il pas anodin de rappeler que L'amour est fou, *chronologiquement, prend place après deux autres romans où l'amour de Marc Elern est déjà mis à rude épreuve. Dans* Ma première femme, *il perdait sa mère à l'âge de dix-huit ans. Dans* L'Amante, *il découvrait avec Alba que l'univers féminin, pour maternel qu'il semblât, n'était pas qu'idylle et volupté. Cinq ans plus tard, il poursuit sa quête…*

Cygnes enfuis pour un plus lointain rêve...

Henri QUEFFÉLEC.

À mon père.

1.

Mon père est un homme de bien. Au présent comme à l'imparfait. Sur sa tombe on aurait pu marquer : CI GÎT L'ALTER EGO DU BON DIEU. En hiéroglyphes dorés à l'or fin, sa voix d'élection. Clin d'œil à cet égyptologue ami du désert, albatros des sables secs où le vieil homme éternel a gravé son espoir, scribe et chrétien par-dessus tout. Il me charmait, si beau, si bon. Je le désolais, fils de peu de foi. Je l'ai quitté sans lui dire au revoir il y a longtemps, après une enfance des plus banales à Paris 16e, 103, boulevard Delessert, deuxième étage, côté rue. J'ai grandi là-bas jusqu'à dix-neuf ans entre mes parents et ma sœur Cathy, une aveugle aux yeux ni bleus ni verts, ciel changeant. Ma mère est morte et j'ai passé mon bac en deuil, amoureux d'une infirmière de vingt ans qui m'accueillait parfois dans son lit. Pour dormir et seulement dormir. Pour lui toucher la main, seulement la main. Lui parler, et dans la parlotte amoureuse, chaque fois, s'imaginer à l'orée du grand frisson. C'est à flinguer, ces longues nuits veillées au chevet d'une infirmière inanimée, vêtue d'un pyjama pastel que la chair embaume à travers le tissu. Le sex-appeal d'une armure au grand complet. Ça vous désenchanterait l'envie d'être aimé.

J'en ai respiré quand elle est partie, sans un mot.

J'ai rencontré sa mère et je me suis mis à vivre avec elle, à désirer enfin l'amour que j'inspirais. Aline après Alba. Plus aucun pyjama pastel ou non entre les caresses et la peau. Les baisers s'abattaient sur nous deux comme les comètes au fond des ciels d'été. Oubliée, l'infirmière au bois dormant, ses doux yeux verts dans les miens, ses bobards comme quoi nous étions en deuil à part égale, moi d'une mère qui m'avait chéri, elle d'une maman sans cœur dont elle avait honte d'être sortie, un jour de mauvais augure, d'accident, à quelques pas d'une voiture enflammée sur la nationale 12. Une garce vous enfante, c'est quoi ? Une garce, accessoirement une maman, une plaie. Voilà ce qu'elle répétait, ses doux yeux dans les miens en buvant du thé. Et aussi qu'elle y arriverait, à m'aimer, à dormir sans pyjama dans mes bras, un jour. On patiente, on a son côté roublard.

– Je suis sûre que tu fais ça comme un dieu.

– Dieu n'a jamais fait ça.

– Tu vas me rendre dingue, toi.

– Toi c'est fait.

Si j'étais gentil elle me donnerait ce qu'elle pensait n'accorder à aucun homme, le trésor de son intimité. Elle ne disait jamais sexualité, sensualité, virginité, toujours intimité. Une planète à part, l'intimité d'Alba. Elle me torturait avec sa pudeur, ses discours freudiens, kantiens, adlériens, jungiens, lacaniens, son corps, ses pulsions, ce feu prisonnier qui la prenait là, et elle se touchait là, j'en aurais pleuré. Une nuit, elle m'avait pris la main. Ça y est, caresse-moi s'il te plaît. Et bientôt : je n'y arrive pas, désolée, tu m'en veux ? Moi qui l'aurais volontiers dérouillée, la salope, je l'avais consolée comme un bébé, y a pas de mal, c'est déjà mieux que rien. Mieux ? Avait-elle éructé. Un progrès stupéfiant, inouï par rapport à mes semblables masculins qui s'étaient essayés à l'exciter, tous ces étudiants, ces infirmiers du dispensaire de Javel, et même un grand professeur en stomato. Veinard que j'étais... Elle me désirait. Mais dis-moi, Marc, quelle femme irait convoiter librement l'érection d'un amant avant de savoir pourquoi sa mère la détestait ? Le fiasco l'avait réveillée. Du lit nous étions descendus manger des nems sur le jonc de mer, boire du thé froid et de nouveau j'avais dû prêter l'oreille à la navrante histoire de sa naissance un jour où sa mère avait trouvé la mort en lui donnant la vie. Moi j'aurais bien trouvé l'amour d'Alba sur le jonc de mer, quitte à m'incendier les genoux.

Je la rembarrais sans insister quand elle attaquait la mémoire de sa mère, femme qu'elle avait peu connue, somme toute, coupable d'une infidélité dont l'explication l'aurait peut-être édifiée. Du tac au tac elle me répondait que je n'y étais pas, moi, piégé dans l'utérus quand cette harpie l'injuriait, l'accablait de reproches et la traitait comme une intruse à dégager. Encore aujourd'hui, elle entendait cette voix marmonner : j'aurai ta peau, j'y arriverai... C'était assez déjanté pour que je préfère laisser dire, et ne pas compromettre mon rôle de veinard potentiel en l'affrontant sur ce terrain fangeux. Mais la nuit j'éprouvais du malaise en l'écoutant pleurnicher, la tête enfouie dans l'oreiller : j'y arriverai, à t'aimer, qu'elle se taise et j'y arriverai, j'en ai tellement besoin. Besoin partagé, la belle enfant.

C'est le soir d'une balade érotique à l'océan, érotique mais pas touche, qu'Alba me quitta pour toujours, me plantant devant sa maison d'enfance en meulière, à Montrouge, retour du paradis. Oui, me dit-elle en arrivant, j'ai vécu ici. Et oui je dîne avec mon papa. Et oui je te rejoins à minuit chez moi, pour t'aimer… La vision du corps d'Alba me hantait, la mince robe de plage atterrissant sur le sable avec les sous-vêtements arachnéens. Du diable si tout à l'heure, enfiévré d'air marin, d'excitation, d'attente, nous ne faisions pas l'amour en vrai sur le jonc de mer.

Dans le noir de la nuit la maison semblait inhabitée. C'était une ombre de maison, pas une demeure familiale en chair et en os.

– C'est vraiment là ?

– Regarde.

Elle a sorti son porte-clé grenouille et tourné la clé dans la serrure du portail. Quand j'ai dit : menteuse ! elle a refermé violemment sur moi. J'ai escaladé le portail, remonté une allée jusqu'à la maison. J'ai sonné, gueulé. Lorsque je suis retourné dans la rue, la voiture avait disparu.

– Vous avez crié ?

Une femme est là, une créature de rêve en liquette indienne, pieds nus. C'est l'abominable maman décédée, la génitrice endormie par le feu, toute mignonne, un cœur d'or. Derrière elle une fenêtre éclairée dans la maison.

– Entrez si vous avez faim.

Ce que la fille m'avait laissé désirer toutes les nuits, la mère me l'offrit le soir même où elle m'hébergea sous la couette en percale, aux accents langoureux du Quarteto Cedron. La fille n'y arrivait pas, la mère oui, et moi donc… D'un jour à l'autre je désertai l'appartement familial, abandonnant là-bas mes affaires, mes livres, les miens : ma sœur dans le ciel changeant d'un regard ni bleu ni vert, mon père à son bureau parmi les cailloux scarifiés des pharaons qu'il était l'un des rares au monde à tirer au clair après Champollion. En mai j'avais perdu ma mère, en juin trouvé la maman d'Alba.

À Montrouge, on habitait avenue Leclerc un pavillon typiquement banlieusard, dont les pignons semblaient maçonnés dans la morve solidifiée. C'était l'ex-mari d'Aline son premier occupant, sa première vie. Il avait deux étages, comme il avait deux acacias et deux figuiers dans un jardin clos par un mur à portail. En bas la salle d'hôtes et la cuisine, au premier le bureau d'Aline et l'ancienne chambre d'Alba, intacte, la girafe éborgnée sur l'oreiller rose, le poster des Village People, la boîte aux crayons mâchouillés. Au second nos appartements dont mon gourbi d'écriture où, jusqu'à midi, je dactylographiais mes inspirations du jour. Aucun doute, il se vivait là-bas une bonne petite vie d'amoureux transis. Chaque matin, se rendant au travail, Aline enfourchait sa bicyclette à huit heures, et rituellement je lui disais au revoir par la fenêtre, laissant planer un dernier bisou vers la rue.

Le portail refermé, je descendais empocher l'argent déposé sur la balance de la cuisine, avec un mot d'amour accompagné d'instructions domestiques, patates à éplucher, poisson à sortir du congélateur, lessive à pendre ou chéneaux à curer, etc. Le soir elle me questionnait sur ma journée : l'après-midi j'étais allé jouer au tennis, ma drogue. Le week-end elle explorait les penderies, tu n'as plus rien à te mettre, amour, et l'on filait à bicyclette aux puces de Vanves essayer des fringues *made in Taïwan*, les plus chics étant pour moi les plus moulantes, les plus délavées. On allait au théâtre, au cinéma, au concert, au footing, et chaque nuit la liquette indienne s'envolait dans l'ombre. Aline ne gémissait pas, elle hurlait à l'improviste un long cri d'oiseau phénoménal qui vous glaçait les sangs. Puis elle gisait comme évanouie, les yeux révulsés. Le bonheur à Montrouge aurait pu durer, bien sûr, aussi longtemps que le *toujours* passionné des serments. Et bien sûr il prit fin.

Au début, fanatique de Clausewitz, Aline se montra bienveillante avec ma sœurette, la petite miro. Elle prit la mesure d'une rivalité possible en multipliant les invitations. Cathy s'y trompa, venant régulièrement à Montrouge, des week-ends entiers. Moins régulièrement je dînais boulevard Delessert en famille, on ne parlait de rien. D'une audace inouïe s'agissant des mœurs sous la vieille Égypte, papa s'interdisait toute allusion à ma vie privée, renseigné qu'il était d'ailleurs par Cathy. En responsable parent, il s'inquiétait de la manière dont je m'y prendrais pour avoir des revenus. J'ajoutais à son inquiétude en me défendant d'être attiré par la société sous sa forme actuelle, pseudo-moderne, mise à nue par 68, et d'envisager un autre avenir immédiat que le tour du monde en voilier. Mon frère d'armes éternel, Tim, l'agitateur de l'étage au-dessous, nous concoctait à Romainville une jonque en fer destinée aux mers chaudes. À peine aurait-il martelé le dernier rivet du barlu chinois que je mettrais sac à bord, à Dieu vat aux bons soins du pélican, facteur béni des méridiens antipodiques, fume-toi ça !...

À mon retour une Aline assez dénudée, ne craignant ni l'eau ni la neige, m'attendait sur la terrasse. Au bruit du portail elle sortait, s'inquiétait si j'étais rentré directement ? Si j'avais fait une rencontre ? Pourquoi je m'éternisais chez un père aussi mal aimant ? Pourquoi j'avais le regard fuyant ? Alba, est-ce que je l'avais vue ?... Si tu l'as vue, dis-le, j'exige d'en être informée !

Il ne m'avait pas échappé qu'elle avait le caractère entier, possessif, furieusement jaloux quand le nom d'Alba lui montait à l'esprit. Si par malheur elle cherchait à m'approcher, est-ce que j'en parlerais ? Si elle m'écrivait, téléphonait, se dressait sur ma route au hasard après m'avoir suivi, je ferais quoi ? Est-ce que je lui dirais si j'avais encore des sentiments pour elle, rien de plus normal ? Il faut être cynique pour cesser d'aimer une femme, se détacher aussi vite après la séparation, d'ailleurs jamais consommée. Est-ce que c'était comme elle et moi, cet amour avec Alba ? Ce qu'elle devait souffrir, la malheureuse, de m'avoir perdu. Aline était fascinée par la période où j'avais fréquenté sa fille. Elle avait du mal à concevoir cette amitié sans amour, sans lien charnel, que j'avais décrite admettant une attirance de ma part et la minimisant. Non, Alba n'était pas mon type, Alba ne m'avait pas subjugué comme elle au premier regard échangé, rien n'était comparable à l'amour qu'elle m'avait révélé. Mais Aline insistait. Elle voulait absolument m'extorquer un mensonge, une coucherie d'un soir, un détail scabreux. Elle en savait long sur l'Alba séductrice, mythomane, mais aussi long sur l'enfant passionnée. Elle n'allait pas lâcher prise comme ça. Elle t'a dit qu'elle t'aimait ? Non ? Ça veut dire qu'elle t'a dans la peau… Elle reviendra tôt ou tard. Est-ce que j'aurais la force de résister, le moment venu, quand elle voudrait se donner à moi ?

Peut-être une année durant ce fut quotidien, ces vœux que je devais prononcer contre le souvenir d'Alba, vœux d'infidélité, de reniement – non je ne me serais jamais entendu avec une fille aussi perturbée, non je ne l'avais pas aimée d'amour, j'étais en deuil à l'époque, j'aimais à tort et à travers, non je ne profitais pas du sommeil pour filmer dans mon cœur les orgies de lubricité qu'Alba m'aurait tôt ou tard prodiguées si je n'étais pas venu me blottir un beau jour, éperdu, tombé du nid maternel, sur le giron d'Aline qui m'attendait depuis toujours, petite âme sœur à moi prédestinée, pour me donner le sein, le con.

Un soir que j'étais rentré passé minuit, Aline perdit la tête, il est vrai que nous avions sifflé un magnum de chiroubles à nous deux, mon père et moi. Elle respirait sur mon caban une odeur qui lui répugnait au-delà de tout. L'odeur, le parfum… L'irrécusable aveu. Je l'avais trompée. Je n'avais pas attendu un mois pour saccager sa confiance. Elle me fit mettre à poil sur la terrasse, lumière allumée, j'irais même jusqu'à dire qu'elle m'arracha mes vêtements. Ce fut mon sexe qu'elle flaira en premier, reniflant comme un chien dressé à la fouille. Elle me prit dans sa bouche, sourcils froncés, l'air halluciné, elle promena son nez sur mon corps, agrippée à mes bras. Soudain elle éclata en sanglots, me baisant les chaussettes, désolée de m'avoir soupçonné pour rien, honteuse, certaine au demeurant d'avoir détecté le parfum d'Alba qu'elle sentait rôder autour de nous, ces derniers temps, qui n'abandonnerait jamais la partie, sache-le, prépare-toi. Oh je ne te conseille pas de ramener un jour ce miasme funeste à la maison. Au cours de la nuit, elle ramassa mon pantalon et retourna les poches. À sa place j'aurais fait pareil, amoureux de la maîtresse de mon fils. Le lendemain elle eut des mots avec ma sœur au sujet de mes retours tardifs, immanquablement avinés. Cathy le prit mal et rappliqua chez nous avec Tim, son fiancé depuis un an. Visite artificielle qu'Aline se chargea d'écourter en prétextant une sortie. Ma sœur ne vint plus, et de mon côté je pris le pli d'espacer mes visites au boulevard Delessert ; je n'y fus plus du tout. Tim, l'ami décevant, fit les frais de cette mesure punitive. Et la jonque en assemblage à Romainville perdit son plus fervent équipier.

Je n'exerçais à l'époque aucune activité rémunérée, mais Aline s'en accommodait. J'étais un adepte du vers libre et de la page blanche en général, ce qui lui suffisait pour croire à mon talent qu'elle souhaitait contribuer à faire éclore. Elle-même, ancienne actuaire aux assurances La Paternelle, comme son ex-mari, était interprète au quai d'Orsay, versée dans les dossiers moyen-orientaux. Nous fûmes en Israël, en Arabie Saoudite, en Syrie, en Jordanie, elle la vedette polyglotte, moi prince consort un brin gigolo, chocottant sur des avions affrétés dont les pneus me semblaient bien élimés, souvent, pour atterrir sans casser du bois. D'un voyage à l'autre, j'acquis la conviction que l'interprétariat n'était qu'un décor sur le bristol gravé d'Aline, et que si l'on crevait la toile on accédait au monde obscur des agents secrets, chose qui resta non dite entre nous. Aline était limpide à la maison, secrète en public, férue d'une beauté platonicienne qui ne savait mieux rimer qu'avec vérité, fidélité. Elle faisait en amour la guerre aux mensonges, et sur le terrain la guerre à la vérité. Beauté, vérité n'étaient belles et vraies que par leur immatériel voisinage avec le mensonge, l'essence même de la vie. Aline faisait la guerre à tous les hommes qui n'étaient pas moi. Ils finissaient par lui rappeler son père, le fermier des Andelys, l'infidèle époux, le père abject. Elle combattait les infidèles. Moi c'était différent, je n'étais pas en âge d'être un homme. Et si je l'étais ça comptait pour du beurre, étant donné mon besoin viscéral d'être aimé d'abord comme un fils, un fils ennemi des familles où la mère n'est plus là. Un fils en lutte avec le bon Dieu son père. Comme elle m'approuvait, Aline, comme elle choisissait bien les mots pour encourager mon dépit filial, le charger de significations ignobles, pour figurer ma répulsion envers l'homme que j'admirais, aimais, haïssais. Et tu verras, disait-elle, ça ne fait qu'empirer avec le temps… En retour je l'aimais comme un être faible qu'il fallait protéger, une mère, un amour de mère.

Elle avait quarante et un an, le double de mon âge, et se sentait mûre enfin pour désirer un autre enfant, celui qu'elle appelait d'ores et déjà mon gros bébé. Le désirais-je aussi ? Oui, non, oui et non. C'est ainsi qu'on se crée un enfer, dans un couple, en s'aimant néanmoins à la folie.

Le bébé n'était qu'un leurre, un fantôme jeté en pâture au fantôme d'Alba. Elle me pourrit la vie, disait Aline, elle n'a pas d'autre but – avec cet enfant elle nous fichera la paix. Cette femme qui n'avait peur de rien, brouillée à mort avec sa fille, tremblait constamment à la pensée qu'elle puisse débarquer à nouveau, tout gâcher entre nous. C'était écrit. Je la tromperais, la quitterais pour Alba, elle se dissoudrait en larmes de sang. Ça me soulevait le cœur, une idée pareille. On en parlait des nuits entières, à ne plus trouver le sommeil. J'étais sûr de moi, aussi jaloux qu'Aline, maudissant les brillants jeunes gens du quai d'Orsay qu'elle emmenait se rincer la dalle avec de beaux étrangers dans les restaurants à la mode, sans compter les voyages, les grands hôtels… Et la baisant avec frénésie, adoration, je lui jurais tous mes grands dieux qu'elle ne serait jamais une femme attristée par l'amour, et que seule la mort nous séparerait – notre engagement du premier soir, rappelle-toi…

– Je te crois, disait-elle alors, et son hurlement d'agonie me vrillait jusqu'à l'âme.

Si par malheur l'un de nous trompait l'autre, malheur qui n'arriverait évidemment jamais, on aurait au moins la délicatesse de venir lui chuchoter à l'oreille : je t'ai trompé… L'autre se tairait, conscient qu'il s'agirait là du plus noble aveu d'amour, le plus difficile à formuler, et non moins conscient du désespoir enduré par celui qui rentre à la maison poignarder son bonheur en disant : je t'ai trompé… À présent dormons sur nos deux oreilles, aimons-nous à jamais, promenons-nous dans les bois…

2.

Elle a téléphoné cinq ans plus tard, par un beau matin d'octobre ou par une belle nuit, au choix, le jour n'était pas levé. On l'avait oubliée depuis le temps. On en parlait au détour d'un hasard, incidemment, ça ne faisait plus mal, on était peut-être moins amoureux.

Appel du matin – chagrin, j'ai vérifié. Appel du matin, dans le gras du sommeil, on les aligne au poteau les vivants qu'on aime et le cœur bondit, mon père, ma sœur, qui est mort ce coup-là ? On y va d'ailleurs la mort dans l'âme, on décroche au cas où. Il a une voix féminine à ravir au bout du fil, le destin, ça caresse bien : ce n'est pas une erreur, mon cher garçon, sachez que vous venez de perdre à jamais un être cher dont vous ignoriez jusque-là qu'il était malade à l'hôpital, votre mère, bingo !... Celui-là c'était l'autre jour, le 5 mai 1969, quand je suis allé répondre à la place de papa qui m'en a toujours voulu d'avoir été plus rapide que lui, il s'est vexé. Pour la peine il ne m'a jamais dit lui-même qu'elle était partie, maman, disparue, le veuf et l'orphelin.

Moi c'était la voix féminine au bout du fil, le destin, en direct.

Qui téléphonait ? Un hosto quelconque. Papa est mort j'ai pensé, et pour rien au monde je ne serais allé écouter ça comme l'autre jour de mai 69. La veille, j'avais lu sa lettre un peu gnangnan qui traînait dans ma sacoche de vélomoteur depuis je ne sais trop quand, longtemps. Je ne m'étais pas dit qu'il me manquait mais pas loin. Je m'étais endormi coupable encore une fois. C'est bien simple, avec moi. Je m'allonge et tous les péchés du bon Dieu sont les miens. Et pis si je ferme les yeux.

Ça carillonnait, décarillonnait dans la pièce à côté, ça vibrait sur ma table d'écriture, Aline s'est levée. J'ai tendu l'oreille en vain, pas l'ombre d'un murmure. Elle est revenue au lit sans un mot. Elle ne faisait aucun bruit mais elle gambergeait du noir, c'est des choses qu'on sent très vite à côté d'une femme inquiète, pas besoin de grands mots.

– C'était qui ?

– Personne.

– L'erreur en personne.

– Tout à fait.

Ordinairement c'est moi qui dis *personne* après un appel délicat. Et pour engager *personne* à cesser d'activer les grandes orgues du téléphone, je raccroche mal exprès, bon moyen d'éviter les histoires. Et n'allez pas vous imaginer que je trompe Aline, seulement elle est du genre à soupçonner son ombre, à piapiater pour des prunes, c'est fatigant. Elle m'accuse aussi d'être retors, l'épithète fétiche à la maison. Son génie du soupçon, c'est à moi qu'elle le doit. Encore un péché.

J'ai posé ma main sur elle. J'aurais parié qu'elle mentait, que son nez bougeait. Elle a pourtant la phobie des menteurs et des hommes dont la langue est bien pendue, trop. Gamine elle voyait son père enfourcher sa bicyclette pour aller en ville, et chaque jour ce brave cultivateur allait tout calamistré chez Pigeonnette, une éleveuse de pigeons établie dans la ferme à côté. Chaque jour il trompait sa fille, il trompait sa femme, et Pigeonnette aussi. Chaque jour il disait je t'aime à tout le monde. Chaque jour il balayait les soupçons et les cris en criant plus fort jusqu'au dernier mot, le mot du seigneur et maître. Peut-on croire à l'amour quand votre père vous a laissé l'image d'un menteur aussi fourbe et sûr de lui, de son droit régalien vis-à-vis d'une épouse aussi cocue, d'une amante aussi méprisée ? Et comment ne pas les soupçonner tous, les hommes, après ça, de mentir aussi passionnément qu'ils font l'amour à la première venue ? Une femme, un amour. Un amour, un menteur.

– Enlève ta main.

– C'est une main tout ce qu'il y a d'honnête.

– Enlève-la.

– Je la mets où ?

– Pas sur moi.

– Dessous ?

– Tu sais très bien qui vient d'appeler.

– Quel rapport avec ma main ?

– Réponds.

Elle s'est redressée, penchée sur moi, sa respiration m'arrivait en pleine figure.

– Alors, comme ça tu la revois.

– Qui ça ?

– Comme ça vous êtes amants.

– Arrête de me souffler dessus ou va te laver les dents.

– Elle va rappeler. Je te préviens !

Croyez-moi j'étais à cent lieues d'imaginer un appel d'Alba mais je n'étais pas fier pour autant. L'autre jour, au stade Élisabeth, j'avais noté mon numéro dans la paume d'une fraîche Édith qui me décrivait son ami cher, un travesti autrichien beau comme un personnage d'Arno Breker, le sculpteur chouchou d'Adolf Hitler. Elle en parlait comme d'un ustensile ménager, déclarait n'en être pas totalement satisfaite, manque de fermeté. C'est la stupéfaction de croiser cette fille en soutien-gorge et slip transparents dans un vestiaire masculin qui m'avait déboussolé le temps d'un griffonnage imprudent. Edwige aussi avait mon numéro, par ma sœur Cathy. Elle m'écrivait des lettres exaltées qui m'arrivaient boulevard Delessert où je les ramassais à l'occasion. Elles ressassaient à l'infini les pourquoi d'une relation vouée à péricliter malgré les sentiments qui l'attachaient encore à moi dont l'attirance physique, même si je n'étais pas beau comme un dieu, venait au premier plan. Elle ne s'aimait pas, ne s'était jamais aimée, ne s'estimait pas digne d'amour. Qu'elle parvienne à s'accepter un jour et c'est à moi seul qu'elle apporterait sa libido qu'elle baladait chastement d'une latitude à l'autre, voyageant sur des cargos navals pour m'oublier et dissiper les effets endémiques de sa noble éducation. Elle avait mon numéro, mais elle était d'un milieu bien trop smart pour me sonner à l'aube, sauf aléa majeur.

J'ai paniqué, visionné le pire :

– Ma sœur a fait une connerie ?

– Non.

– Elle a eu un cauchemar, et alors ? Le cauchemar d'une aveugle, tu as une idée de ce que ça peut donner ? Tu aurais dû me la passer.

– Et le cauchemar de vivre avec toi, le cauchemar de voir clair dans ton jeu ?

– C'était Cathy ?

– Fais l'andouille.

– Je dors.

– Tu ne m'as jamais trompée, sans doute.

– Jamais.

– Et tu ne me tromperas jamais.

– Jamais.

Elle n'a plus rien dit. Mon père est bientôt revenu me chatouiller les orteils, puis ma sœur, le même discours meurtri, pleurnichard. C'était un avertissement, cet appel, la prochaine fois ce sera pour nous à cause de toi, un arrêt du cœur, le gaz, les comprimés, le métro. Viens nous voir avant qu'il soit trop tard.

Je perdais conscience quand Aline a dit :

– C'est parce qu'elle est jeune… ?

– Qui est jeune ?

– … ou parce qu'elle est blonde… ?

Un frisson glacé m'a parcouru l'échine.

– Qui est blonde ?

– … et que je suis vieille et brune ?

– Et moi châtain clair. On se croirait chez le coiffeur.

– C'est pour ça qu'elle te plaît tant ?

J'en ai eu marre, subitement, j'ai tâtonné pour allumer ma lampe, je me suis emporté :

– Ferme-la, espèce de folle ! Tu travailles du chapeau, tu vois le mal partout ! C'était une erreur et tu le sais très bien. Et si tu n'es pas jouasse tu n'as qu'à me faire suivre par tes petits interprètes à col blanc.

Elle me regardait pensivement, nullement impressionnée. Le raffut d'un homme en colère c'est du vent, de la mousse.

– Pauvre mec, a dit Aline, c'était bien ta sœur.

– Cathy ?

– Elle est morte.

Mon cœur s'est arrêté.

– Ce n'est pas vrai !

– Non, c'était ton père.

– Mon père ?

– Ou ta mère, ta petite maman.

Le téléphone a sonné, Aline a bondi comme si je risquais de vouloir la devancer, elle a décroché sans répondre, et telle une pièce à conviction, rapporté l'appareil en le sniffant : hum ça sent la blonde, la blondasse, puis elle me l'a jeté à la figure en ricanant :

– Depuis le temps que j'attendais ce moment ! J'adore le caviar.

J'ai porté le combiné à mon oreille, l'angoisse me tordait les entrailles. On respirait au bout du fil, Aline me surveillait, l'ironie aux lèvres, et du regard m'encourageait à parler en confiance. J'avais le sentiment d'être observé par deux personnes à la fois, saisi dans les mâchoires d'un étau. Une voix est alors remontée du fond des âges, une voix musicale aux yeux verts, une voix couleur de miel, une voix aux mains potelées d'enfant, une voix qui sentait la menthe ou je ne sais quelle fleur du bord des mers, et je me suis retrouvé nu devant l'océan regardant sortir de l'eau, les seins parés de gouttelettes étincelantes, une ondine ensoleillée plus radieuse que l'azur, Alba la pomme édénique impossible à croquer :

– C'est moi, disait-elle au loin, c'est moi, tu m'as manqué…

3.

Dix-sept février 1974

P'tit vieux,

J'ai un service à te demander, c'est une question de vie ou de mort...

– Et mon cul !

... Lis d'abord cette lettre et réponds-moi sans détour. Si j'ai eu tort, veuille bien me pardonner. Mea culpa. Le rôle d'un père n'est pas simple, entre son devoir de faire bouillir la marmite et celui de maintenir ouvert le dialogue avec ce qu'il a de plus cher – avec ses enfants...

– Pas vrai, tu t'en fous... !

... Vide ton sac, n'hésite pas. Pourquoi ne réponds-tu jamais à mes lettres ? Pourquoi me laisses-tu parler dans le vide ? Est-ce un message un pareil silence ? L'envie de me faire de

la peine ? Tu m'en fais beaucoup, c'est vrai, mais je garde espoir car j'ai toujours eu confiance en toi.

– Gros pipeau !

Je sais bien que nous nous sommes beaucoup reposés sur toi, certaines années, ta maman et moi, pour le moral de Cathy. Et par la suite je n'ai pas mesuré à quel point vous aviez souffert, ta sœur et toi, quand votre mère est partie, la crème des mamans... La mort, si tu savais !... Civilisations, dynasties, chacun d'entre nous, tout ça mortel en apparence. Pas de morosité, reparlons-en.

– Toujours des parlottes avec lui !

... Vous vous entendiez si bien, ta sœur et toi, c'en devenait inquiétant. De ce point de vue, il n'est pas regrettable que tu aies quitté la maison. Cathy reporte sur moi sa préférence, elle n'a pas le choix. Sa gentillesse me ravit. Elle a pris la relève de ta mère, toujours debout à six heures et demie pour le petit déjeuner. Elle sert au lit son vieux pacha de père et n'accepte aucune aide. Elle a même ressorti le plateau vénitien dont ta mère se servait. Rien ne manque, pas un toast qui ne soit beurré à la perfection, l'œuf au plat baveux à souhait. Elle utilise le réchaud électrique, ne crains rien. Mais quand même c'est une fée, elle descend

d'un nuage, elle avance au radar comme si les objets la voyaient et d'eux-mêmes se glissaient dans ses mains. Sa mine enfantine quand elle s'écrie : « Petit déjeuner ! » et qu'elle entre le plateau sur les bras.

– Enfoiré, se faire servir par une aveugle.

... Je tremble un peu, mais comment lui refuser d'exister librement à l'âge qu'elle a ? Le prix à payer c'est qu'elle ne mange rien... Elle ne s'est jamais nourrie que pour te faire plaisir. Ah son frère, son grand frère !... Rappelle-toi sa devise : « Si c'est ça j'mange pas... » Et la dernière phrase de sa rédaction à dix ans : manger pour vivre, jeûner pour finir de vivre. On en est là, p'tit vieux, sache-le. J'attends de toi que tu reviennes à la maison lui donner la becquée. Elle avale des médicaments, j'en ai peur. Ta mère nous a laissé un tel bazar de fioles, de gélules dans tous les tiroirs. Elle tape au hasard. Curieuse dévotion aux disparus. C'est peut-être une manière de vengeance à mon égard, je ne sais pas. Alimenter son père, le gaver comme une bestiole à foie gras, et soi-même dépérir. Elle aurait bien besoin d'être pesée. Toi seul peux la convaincre. Une bonne douche ne lui ferait pas de mal non plus. Et parler, ouvrir son cœur, dire enfin ce qu'il en est de son histoire avec Tim, assez invisible ces derniers temps. La vérité c'est qu'elle n'est jamais dans son état

normal. Elle se plaint toujours d'avoir sommeil, ça m'inquiète. Nous avons besoin de toi ici. Fais un effort, p'tit vieux, tu es tellement absent. Voilà pourquoi j'ai dû mentir à ta sœur…

– C'est ça, joue les petits saints… !

… Je lui ai dit qu'on s'était parlé au téléphone, et qu'on pouvait compter sur ta présence le soir de sa fête (lundi 22). N'oublie pas : nous nous sommes parlé et tu viens dîner lundi. Ce n'est pas la mer à boire…

– Juste le père à gerber !

Si tu as un empêchement préviens-nous. N'oublie pas non plus de prendre un ou deux cabécous pour ta sœur, au cas où ta vue lui ouvrirait l'appétit. Je te rembourserai. Et toi que dirais-tu d'un carrelet au citron ? Désolé d'avoir été long. Que deviens-tu, filius egregia indole ? Es-tu heureux avec ta compagne ? Je sais enfin par Cathy qu'elle s'appelle Aline, un bien joli prénom déjà porté dans la famille, par ton arrière-grande-tante Guyader qui travaillait pour l'arsenal de Brest comme dessinatrice aux carènes.

Entretiens-toi en joie, p'tit vieux, et bien sûr à lundi,

Pater amicus.

P.S. : Un point positif. La revue « J'éclaire », un hebdomadaire catholique dont tous les collaborateurs souffrent d'un handicap, semble s'intéresser à ta sœur qui ne travaille toujours pas. On lui propose un billet d'humeur. Et l'humeur... elle en connaît un rayon !

– Cathy, journaleuse, pisse-copie, la honte. Et lui il trouve ça bien. Il est nase, ce mec, non ?

– C'est une belle lettre, a dit Micheline, il est sincère, il a mal.

– C'est bien ça le problème, il est sincère... La sincérité il en met partout, mais ça n'est jamais la bonne sincérité, c'est une sincérité pour sa pomme, jamais pour la mienne.

– Tu dois y aller.

– Il ne sait plus quoi inventer pour me faire venir à la maison... Aujourd'hui c'est ma sœur qui ne mange plus. Une autre fois elle avait des migraines, elle hurlait soi-disant. Et puis les fenêtres, aussi, elle ouvrait les fenêtres, ça l'inquiétait, il avait froid, peur. Le prochain coup elle aura recouvré la vue. Ou bien c'est lui qui se cassera le col du fémur dans l'escalier et le pire c'est qu'il sera sincère et vraiment déglingué.

– Tu es cruel. Si tu n'y vas pas tu le regretteras.

– C'est lui qui le regrettera.

– Ta sœur aussi. Puis-je te signaler que nous sommes lundi ?

– Et en plus nous sommes lundi ? Il le fait exprès ou quoi !

J'avais sa lettre en poche depuis une semaine. Une lettre de papa c'est un colis piégé. J'en ai passé plus d'une à la trappe sans ouvrir. Erreur, p'tit vieux, fais gaffe. À ce petit jeu on risque d'éliminer un chèque au porteur…

– Je vais me doucher, a dit Micheline en se levant. Tu ne goûtes pas mes vodkas ?

Je jette un coup d'œil pudique aux gobelets d'argent alignés sur le guéridon, pleins à ras bord d'un alcool bombé.

– Sept vodkas… Sept cuites à la fois, c'est beaucoup pour un tennisman après la partie. Même en fin de journée.

– Trempe seulement tes lèvres. Chacune a son arôme. Moi c'est à la mandarine que je préfère la vodka. Je reviens…

C'est ça, vas-y sans moi… Micheline me sourit, ramasse autour d'elle les pans d'un peignoir blanc comme on en voit au sauna, et pieds nus sur la moquette elle sort lentement du salon sans fermer la porte. Au bout d'une minute j'entends l'eau ruisseler quelque part. Elle m'attend ? Peut-être bien. Je suis son tennisman attitré ? C'est possible. Elle pense à moi quand elle s'endort auprès d'un mari qui ronfle à décorner les bœufs ? Probable. Elle voudrait que fin saoul je fasse aujourd'hui l'effort d'arriver au bout du couloir et, dans ma soûlerie, mon tangage éthylique, d'éprouver du désir pour une femme qui a l'âge de maman, des varices et des seins tellement tétés par la descendance, tellement bus à la régalade ou mâchouillés, que même un violeur n'y toucherait pas sans dire areu ?… Des clous ! Non, ma vieille

Micheline, n'allons pas plus avant. Si je joue au tennis avec les dames, et s'il m'arrive de monter boire un coup chez elles, c'est de ma part en toute ambiguïté platonique. Je flirte à l'amiable si l'on peut dire, du regard, de la voix. Je n'ai jamais trompé Aline et d'ailleurs, sans être marié, je porte une alliance pour assainir les ondes autour de mes doigts. J'ai un penchant pour les femmes, c'est d'accord, la compagnie des femmes, leur espièglerie, leurs conseils, leurs angoisses, leurs enfantillages essentiels et leur subtilité, leur maternité, leur cruauté, oui je les aime et je n'y touche pas étant amoureux d'une merveille au parfum de jonquille, tout à fait sûr de mes sentiments. C'est bien joli qu'Alba m'ait appelé. C'est flatteur, ça réchauffe un peu la nostalgie, mais c'est tout. Je lui manque un peu tardivement à mon goût. Moi c'est autrefois qu'elle me manquait, avant que j'aille au lit avec sa mère, la plus aphrodisiaque des mamans. Aujourd'hui le manque est d'un autre temps, il est mort, et mort celui qui l'éprouvait, matait les filles à la jumelle par les nuits chaudes, ivre d'excitation, et de loin les suppliait d'ôter leur pyjama. Il y a des anciens moi, comme ça, on n'est pas fâché d'avoir scellé sur leur histoire une pierre sans épitaphe. Ça évite de savoir où ils sont. Il est un peu vieux jeu, démodé, le coup de fil d'Alba. Il arrive tout juste à semer la zizanie sous mon toit. Tu n'as qu'à m'envoyer des chrysanthèmes au lieu d'appeler, j'irai les semer du haut du pont sur le périphérique, un peu, pas du tout, jamais plus…

– Ça va ? claironne Micheline au loin… Pas trop seul ?

– Ça va… J'aime autant la mandarine que le sucre d'orge à la menthe, et la vodka réglisse n'est pas mal non plus…

Je prends mes raquettes, la lettre de mon père, et soudain pressé d'être ailleurs je me faufile à l'anglaise sur le palier laissant mon hôtesse en plan sous l'eau tiède. Après tout c'est elle qui m'a conseillé d'aller dîner en famille. Merci du conseil.

Dehors la nuit tombait, frisquette. J'ai démarré la mobe à la course et mis les gaz. Derrière moi les raquettes bringuebalaient sous le sandow. Cap sur le carrelet au citron, sur le beaujolais sans limite à la santé d'un père qui plaint les buveurs d'eau.

C'est vrai, les cabécous…

4.

Ces années-là je passais tous mes après-midi au stade Élisabeth, porte d'Orléans, une antique installation comprenant un terrain de foot poussiéreux et quelques méchants quick plus éventés, râpés que l'aire de pétanque à Trémazan, les mouettes en moins, les néons bleus COCA-COLA géants en plus, dominant le stade à la nuit tombée. On me trouvait en général au fronton, le coin des raquettes esseulées, là où les bouchons du périphérique sud, en contrebas, font monter en fin de journée leurs miasmes cramés. C'était gratuit, on se bousculait, disputait, réclamait son tour de fronton. Parmi ces nullards je faisais figure de champion, moi que les jésuites avaient musclé jusqu'au bac, moi qui poussais des ahans orgasmiques en rouant de coups une balle assez têtue pour revenir inlassablement se frotter à mon tamis, volée haute, volée basse, amortie, le grand jeu. La réalité ne prenait part qu'incidemment à cet échange entre un mur et moi. La balle instaurait son propre tic-tac, subtilisant les heures avec l'appétit d'une horloge. J'avais tout bonnement enfermé la vie courante à l'extérieur du grillage, aux oubliettes. On n'est nulle part sur un court de tennis, j'y étais à longueur d'année.

Régulièrement une jupette blanche s'immobilisait à mon côté, je redoublais de ahans.

– Vous donnez des cours ?

– Guère le temps. Je suis joueur… Vous êtes libre quand ?

Il n'y avait plus qu'à fixer le prix. C'était la mairie qui les envoyait au stade, ces poupées immaculées, ces vieilles à visière orange, ces mamans alourdies par le bonheur, ces étudiantes complexées, ces demoiselles hors d'âge. Elles s'imaginaient pénétrer à Wimbledon et tombaient chez les forcenés du fronton, les damnés du lift psychotique, les flagellants d'un sport qu'ils ne pratiqueraient jamais qu'en gémissant et maudissant les dieux dans ce cosmos où l'on va chercher en vain service et smash pour être soi-même, avec l'espoir enfin de sourire à la mort d'un cœur léger. Ces années-là, c'est tout un bataillon de mères de famille à qui j'apprends à tenir une raquette. C'est bien simple, le manche, la main, comme ça. Et vous n'hésitez pas à serrer fort. Ce petit point blanc, là, c'est la balle, écoutez-moi. Il est immobile et tout à l'heure il va s'énerver. Le jeu consiste à le renvoyer dans ma direction, ni plus ni moins. N'hésitez pas à me poser des questions si quelque chose n'est pas clair. Et pensez bien que la notion de progrès est relative pour autant que notre évolution suit un cheminement des plus secrets, rarement prévisible. Vous jouez au tennis et c'est en gentillesse que vous progressez, en sourire, en regard sur le monde… Telle est ma pédagogie pour aider ces dames à voir venir ce fichu point blanc, à le trouver digne de leur attention, sensibilité. Que pas un atome de leur énergie mentale ne se laisse entraîner ailleurs avant l'impact. C'est une île, ce point blanc, un astéroïde aberrant j'en conviens, mais il n'est rien d'autre ici-bas que vous-même, c'est la prunelle de vos yeux. Elles boivent mes paroles, elles aiment jouer au tennis avec cet hurluberlu qui ne joue pas beaucoup mieux qu'elles, entre nous. Simplement j'ai l'art de leur montrer les choses à ma façon, et ce quick fané couleur de bonbon à la violette j'en fais un mouvant océan porteur d'un mirage à l'horizon de tout un chacun, le point blanc, on y va, on se noie si on n'y va pas.

En principe elles n'ont pas mes coordonnées. En principe je vis sur une jonque à Romainville et bientôt j'irai conquérir les points blancs des vrais océans, les archipels jamais vus, je partirai au fil des courants et des mers. Parfois j'attrape une main, ça me prend, et je griffonne à l'intérieur le numéro d'Aline en disant : vous n'aurez qu'à laisser un message à mon intention. Nous retournons jouer après une boisson fraîche au distributeur, et le temps de la vie fait cercle autour du point blanc, c'est un peu vaste, inquiétant, mais personne ne s'en rend compte après tout. Elles ont des prénoms qui feraient peur aux étoiles, Micheline, Marie-Pierre, Joëlle, et leurs beaux yeux n'ont pas l'air d'avoir jamais vu le loup, il faut croire que le loup n'est pas bien méchant. Moi c'est Marc, appelez-moi Marco, ça portera bonheur aux îles, à demain même heure, adieu.

Ce n'est pas mon métier, tennisman, que non ! Mon job c'est la poésie, la malédiction, c'est une utopie, comme le point blanc. Tennis l'après-midi, le matin poésie. J'écris *Les Fleurs du mal 2*, un hommage, un plagiat. Puis j'écrirai *L'Azur 2*, autre hommage et plagiat. Après je ne sais pas. Peut-être *Alcools* ou *Les Illuminations*. Au bout d'un an, si ma mémoire est bonne, mon bouquet maladif s'élève à cinq fleurs, car plus subtile et plus rare est l'épiphanie d'un sonnet que l'écriture à gogo d'un roman où les mots se poussent les uns les autres, à perdre haleine et sus au point final, ce lévrier qui finit toujours par se faire plaquer au sol. Autre enjeu, la malédiction. Regardez. *Aboli bibelot d'inanité sonore.* Aucun verbe, aucun sujet. Pur chef-d'œuvre d'opacité. Un œuf noir, un nombre d'or. Le matin – point blanc, l'après-midi – nombre d'or. On est un peu seul, quelquefois, dans l'intervalle, on s'affole, on envie désespérément ces gens qui prennent le métro chaque matin, ou le périphérique en s'injuriant, se faisant des queues de poisson, pour se rendre au boulot. Ils sont vivants, ces gens-là, ils savent pourquoi ils ouvrent un journal et se mettent à ronchonner au volant, où ils vont, pourquoi la politique va mal. Moi c'est autre chose, à la fois plus vivant, plus absent, constamment en train d'en appeler au roman d'une jeunesse saccagée par le deuil pour me justifier de vivre une raquette à la main. Quelqu'un meurt, on n'est pas obligé de mourir aussi. Ce n'est pas forcément votre tour. Quand même c'est bizarre, on est là mais on dirait qu'il manque la vie. Et toujours ce bel alibi pour ne rien ficher à côté du point blanc, du nombre d'or – la parole de mon copain Tim dès l'enfance – on va partir, mon gars, on va tous les plaquer, les laisser moisir dans leur fin du monde. Attends un peu que la jonque soit mise à l'eau, tes appartements à l'avant, les miens à la poupe, croisière éternelle.

J'ai grillé tous les feux jusqu'à la Seine, impatient de voir ma sœur. À Bir-Hakeim je me suis arrêté pour appeler Aline d'un Publiphone. Pas là, tant mieux. Aurais-je eu le courage de lui dire où j'allais dîner ? En la prévenant un peu tard, voire au dernier moment ? Elle hait mon père, elle hait les pères en général ayant eu à subir les violences du sien, un adepte du ceinturon. J'en ai peut-être un peu rajouté pour papa, côté voies de fait, Aline aime le concret. J'ai dû lui jurer d'éviter à l'avenir l'homme qui cherchait à m'abattre et ne m'attirait chez lui que pour m'atteindre au moral.

Mais si vraiment Cathy va mal, ma toute petite sœur, ma déficiente à moi, mon abolie miro d'inanité bigleuse ? Si Cathy va mal j'y vais, je suis là, je la requinque. Elle non plus, Aline n'en raffole pas. Elle a de grands mots pour ma sœur, hystérie, jalousie, prétention des beaux quartiers. Cathy a les mêmes à son service, elle trouve Montrouge autrement rupin que Passy.

Boulevard Delessert, une 360 Yamaha noire flambant neuve était enchaînée pile devant notre immeuble. Ça ne pouvait qu'être à Tim, ce joujou si bien astiqué, fanfaron. La rage m'a pris devant sa bécane. Je croyais qu'il n'avait plus un rond pour financer les travaux du grand barlu chinois. Il exigeait des subsides et claquait une fortune avec ce genre de merdouille à roulettes qui les aplatirait contre un mur, lui et tous nos rêves. Et pour épater qui ? Ma frangine ? Ça lui faisait une belle jambe, ce frère de la côte invisible déboulant sur une chignole cabrée pour aller chercher des clopes au Réveil de Passy, l'île à bières du coin de la rue.

Pirate il l'avait toujours été, mais sur l'eau, Tim. Du moins son rêve était-il aquatique et même ultramarin. Il s'habillait en pirate et nous disait, chut les enfants, n'en parlez à personne mais d'ores et déjà nous cinglons vers autre chose, un autre monde, rien que vous et moi. Pas un mot à vos parents bien trop chrétiens pour ne pas avoir d'accointance avec le commissariat. Toi tu es le mousse, disait-il, une main sur mon épaule, et toi le perroquet, disait-il à ma sœur, imposant le pouce et l'index sur ses paupières. Tu m'écoutes et tu répètes bien mes paroles après moi, c'est ton boulot, imiter ma voix. Un perroquet aveugle est une espèce rare, d'autant plus précieuse. Et moi je suis le nautonier, celui qui récolte l'or au milieu des périls et partage avec vous, voguons. Entre nous c'est une histoire de sang pour la vie, un mousse, un perroquet, un nautonier. Ainsi parlait Tim. Avant la jonque il pensait acquérir un Taïwanais, le galion le moins cher du catalogue, mi-plastique mi-bois, cinq cent mille balles clé en main, moteur Enfield 100 CV diesel, une affaire. Des voiles ou des chevaux, sur son galion, qui sait ce qu'il préférait, ce mirliflore aux tatouages d'aquarelle ? Ce serait la vie simple à bord du bateau. Cathy et moi on hisserait l'ancre, et les voiles à l'occasion, pendant qu'il piloterait. On irait d'abord à Tananarive, sur le fleuve Manombolo, on reprendrait les tanneries usurpées par un oncle à lui qu'il conviendrait d'offrir en pâture aux sauriens, premier devoir. Recyclé dans leur estomac il ferait au moins trois paires de bottes convenables, ce gros lard, que nous chausserions en souvenir. Et pas de mutinerie s'il vous plaît, les enfants, ou je vous fais transformer en binious de luxe par les alligators, ça fera plaisir à vos parents, un souvenir. On viendra Tim, compte sur nous, on n'est pas des binious. On part quand ? On est déjà partis, buses que vous êtes, on est en escale, en bordée. On ne fera plus que repartir désormais. On repart quand, Tim ? Demain… Je parie que vous n'avez même pas fait vos sacs. On va les faire, Tim, attends un peu. Ne bougez pas, malheureux abrutis, ça va mettre la puce à l'oreille de vos parents. Les gens comme nous autres sont des va-nu-pieds. On s'en ira comme on est venus, compris, au souffle du vent. Compris, Tim, comme on est venus, on est venus quand ? Hier, on repart demain sur ce bateau, un galion traditionnel chinois de la période ming. De l'index, l'ongle tapotant durement le papier glacé, il nous montrait en photo dans *Pariscope* une espèce de rafiot-restaurant mâté pour l'opérette, attaché par des poutrelles au quai du port de Javel. Il nous emmenait voir le galion, toucher les poutrelles passées au minium, respirer le ventilateur surchauffé des cuisines, son bateau, notre bateau, top secret. Il avait cinq ans de plus que moi, sept de plus que ma sœur, il en avait douze ou treize à l'époque, il ne fichait rien en classe, voué qu'il était aux horizons indiens. Des études ? Pas d'études à la veille d'un si grand départ, priorité aux alligators, le monde actuel est mort, les gens n'existent plus, ils font semblant, vous faites semblant, venez avec moi ou vos jours sont comptés. L'âge, la paresse avaient eu raison des beaux discours d'aujourd'hui, le fier à bras faisait pitié. Il fumait du shit, portait des amulettes en sautoir et l'argent du barlu passait dans une moto, l'enfoiré, cet argent que sa tante lui refilait au nom des souffrances qu'il avait endurées bébé, l'exil, des parents disparus. Le digne passé d'un forban, pourtant.

Avec ça pas gêné. Serait-il sorti qu'il m'aurait touché l'épaule et fait un clin d'œil, confiance, mon gars, confiance en Tim, on sera partis plus vite que tu ne crois si tu es toujours partant.

Ne voulant pas croiser ce tueur de rêves j'ai pris le vieil ascenseur capitonné qui sent comme au théâtre, un véhicule à piston. Je suis arrivé au deuxième, devant chez moi. J'ai sonné. La sonnerie m'a terrifié. J'ignore ce qui s'est passé dans ma tête, quel nerf elle a touché mais sans plus attendre j'ai tourné les talons comme un fou et me suis jeté dans l'escalier.

À Montrouge, Aline m'attendait pour se mettre les pieds sous la table. Elle avait cuisiné un gratin de nouilles au thon, l'un de mes plats préférés. Je n'avais aucune faim. Je me représentais le vieux four émaillé du boulevard Delessert avec ses brûleurs chuintants et son odeur de gras. Dedans un carrelet au citron commençait à broyer du noir par ma faute. Mon père enfilait régulièrement sa moufle d'amiante, ouvrait la porte du four et parlait au carrelet comme il aurait rassuré un vieux copain trop émotif, il va venir, p'tit vieux, soyons patients… Il ôtait sa moufle et partait voir ce que devenait ma sœur au fond du couloir, il va venir, belle mignonne, il aurait prévenu.

– Comment s'est passée ta journée ?

– J'ai écrit deux vers, ce matin, de respectivement sept et dix-sept pieds. Pas plus libres…

– Et alors ?

– Je m'en vais les réduire au silence après le dîner. Et toi, les affaires du monde ?

– Ça n'a jamais été si bien.

Le soir, on évite de parler boulot.

– Eh bien tant mieux, depuis le temps que ça tournait mal… C'est quoi le dessert ?

– Dame blanche meringuée.

– Mazette…

Mon dessert favori. Pas faim. J'ai failli appeler papa pour lui dire de sortir le carrelet du four. Si ça continuait il allait mettre le feu à la maison. On a mangé la dame blanche, bu un tilleul-menthe. On n'était très causants ni l'un ni l'autre.

– Alors, a dit Aline, ton candidat ?

– Pas Krivine en tout cas.

– Valéry, comme papa ?

– Ni Valéry.

– Je te verrais bien voter Duclos…

C'est une krivinienne pure et dure. La haine du grand capital, du patron, de la force individuelle et du fric.

– … Mais en fait tu pourrais voter n'importe qui.

– Ah oui ?

– Rien ne changerait rien à ta vie, toi, sauf le goulag.

– Charmant.

– Simple constat.

Guère aimable en tout cas… Je sentais bien qu'elle avait une idée derrière la tête. La tisane finie elle est passée devant.

– Et si tu me disais la vérité, pour Alba ?

– Mais encore ?

– Ce qu'elle a dit ce matin.

– Tu m'as arraché l'appareil des mains.

– Elle a dit quelque chose.

– Tu me balances un téléphone à la figure et tu t'imagines que je fais des mondanités. Je ne sais même pas si c'est elle qui parlait, faut-il que j'aie confiance en toi.

– Et comment ça se fait qu'elle n'ait pas rappelé ?

Elle commençait à s'énerver.

– Tu n'as qu'à lui demander.

Aline a débarrassé, elle est revenue s'asseoir sur mes genoux.

– Peut-être d'ailleurs qu'elle a déjà rappelé.

– Pas que je sache.

Elle s'est tournée vers moi. Une moraliste, un juge. Toujours à prendre des positions, à trancher. Un don fatal hérité du père, un don qui ne m'impressionne pas. Je n'ai eu aucun mal à soutenir son regard. Je lui ai même tiré la langue et servi mes grimaces les plus tordues. Elle a fini par se dérider, par m'embrasser, m'exciter.

– Je ne veux pas te perdre, c'est tout.
– Eh bien ne me perds pas, c'est tout.
– Seule la mort ?…
– Nous séparera.

5.

Le soir, quand Aline veut faire l'amour, et que je suis motivé sans plus, elle prend tout son temps. Elle se démaquille au lit, assise en tailleur, face interne des cuisses bien en vue, son attirail de beauté en vrac sur le drap, flacons, pince à épiler, tubes, et débordant jusqu'à moi qui cherche à me faire oublier, à fermer les yeux sans qu'elle s'en aperçoive, et, bouche entrouverte, à ne pas ronfler. Ronfler auprès d'une compagne en humeur d'enlacements est un attentat direct à l'amour-propre féminin. Démaquillée, elle pousse un premier soupir et la fête continue. Elle s'attaque aux sourcils, c'est long, à la fois silencieux et bruyant. Quand elle arrive au petit orteil d'un pied quelconque, ciseau en main, que l'odeur d'acétone erre en liberté dans la chambre depuis un moment, elle pousse un deuxième soupir et je m'avoue vaincu. Je comprends qu'elle a un but, revendique un droit, qu'une grosse semaine a dû s'écouler depuis la dernière fois qu'elle s'est assise en tailleur à côté du tennisman rétamé, enfoui tel un tourteau sous la couette, juste les yeux qui dépassent, épiant sa femme à la dérobée.

Et soudain ces mots interrogatifs à voix murmurée, cette confidence douce et térébrante, aussi primitive que l'amour animal entre les humains :

– Tu as sommeil, toi ?

Je décolle ma voix de là où elle pensait ne plus avoir à sortir avant longtemps, et la rage m'inspire cette grossièreté de bon aloi :

– S'il te plaît, chérie, je suis vraiment fatigué, j'ai poussé un peu loin l'émotion, tout à l'heure avec les potes. Le coup de barre, excuse-moi.

Plus un bruit, ni ciseau ni soupir.

– Ce qui veut dire ?

– Sommeil.

– Qui t'empêche de dormir ?

– Je dis ça comme ça.

– Eh bien dors, gros nase.

Elle a sorti sa lime, quête ésotérique à laquelle une femme organisée peut consacrer la nuit. Le ronflement masculin les tue, la lime à ongles à l'orée du sommeil rendrait n'importe qui suicidaire.

– Tu ne devais pas garder Ben ?

– J'ai oublié.

– Tu m'inquiètes, Marc, tes poésies n'avancent pas, tu ne fais plus aucun travaux dans la maison, tu bois beaucoup, tu oublies tout, je me demande si tu n'es pas dépressif.

– Ça t'arrive aussi d'oublier.

– En même temps s'ils avaient eu besoin de toi pour Ben ils t'auraient téléphoné.

Je ne lui dis pas que j'ai débranché l'appareil en rentrant. J'ai l'impression que n'importe qui pourrait m'appeler, ce soir. Je prends mes précautions.

– Ben a dû t'attendre. Ce n'est pas bien d'inquiéter un enfant.

Ben est le fils d'un chauffeur de taxi portugais qu'Aline fait travailler. Ils habitent la rue d'à côté. L'après-midi je vais chercher le gosse à l'école paroissiale. Un boulot mal payé, mais payant quand même.

– Ce n'est pas interdit d'être un peu dépressif, on peut en parler, je suis là.

Elle me touche la main. Elle a la peau douce. Aline est douceur jusque dans son caractère admirablement égal et joyeux, sauf quand vibre le nom d'Alba sur ma bouche. Ou quand elle me soupçonne de penser à mon père avec une antipathie qui se relâcherait au regard de mes affirmations antérieures, signes d'une maturité masculine exaltante pour une femme aussi dessillée quant au sexe fort.

– Qu'est-ce qui ne va pas ?

– Ça baigne.

– Regarde-moi.

J'ai envie de lui dire de s'habiller, de cacher ses cuisses, ses seins, j'ai honte qu'elle exhibe un tel appétit pour le gros nase uniquement sensible aux voluptés du repos bien mérité.

– Tu es belle, ma chérie, j'adore ce haut.

– Tu as vraiment l'air de l'adorer.

– Je le trouve sexy… Qu'est-ce qui n'est pas sexy sur toi ?

– Toi ! fait Aline. Elle vire ses affaires du lit, se couche en s'entortillant, tournée vers le mur, me laissant presque à poil et je n'entends plus parler d'elle. Je dois l'enjamber pour éteindre sa lampe.

Le sommeil me fuyant, je suis descendu me faire un triplé d'œufs miroirs à la cuisine. Les œufs chez nous sont excellents… Aline les reçoit directement des Andelys où son frère a repris la ferme paternelle. Ils sont si gros qu'on pourrait aspirer le jaune avec une paille. Tout en mangeant, je réfléchissais à mon avenir. Demain – tennis, Ben. Après-demain – tennis, Ben. Et ainsi de suite jusqu'à la fin. Tennis, point blanc, nombre d'or. Elle est belle, ma vie. Entre-temps j'aurais bien des fois voté… Mais pourquoi diable, moi qui passais mon temps à compter les mouches, me souciais-je autant du sort des choses, de la ponctualité des trains, de la solidité des avions assemblés dans nos ateliers, de la qualité des sous-marins mis à la mer… Le 6 mai j'irais voter, c'est sûr, mais pour qui ? Pourquoi ? J'attendais non sans plaisir ce moment. Ça me changerait du tennis, de mon infini patience au-dessus d'une page qui n'avait rien, mais absolument rien à révéler. Mon avenir immédiat c'était d'aller voter aux présidentielles anticipées et de suivre à la télé, couché avec Aline, la nuit des élections. Aline, avec son caractère en or, désirait tout faire sauter. Elle disait qu'on tenait la chance historique de mettre fin à la bourgeoisie d'État, cette monarchie déguisée, ce fascisme larvé, cette couillonnade sanguinaire. C'était de l'or en fusion le doux caractère d'Aline quand je citais Giscard exprès pour la titiller. Un nom qu'elle ne voulait pas voir en peinture et que pas un jeune n'aurait soutenu sans être lynché.

Elle votait pour Krivine.

Tim votait pour Mitterrand.

Papa votait pour Giscard d'Estaing.

Si papa votait pour lui, on pouvait s'aligner sans discuter. Avec tous ses défauts il connaissait mieux la politique et l'histoire en général que n'importe qui. Idéalement j'aurais voulu qu'il descendît du crucifix pour triompher à l'Élysée.

Je me suis glissé sous les draps comme un voleur. L'angoisse planait. Giscard, Mitterrand, les autres, marionnettes. Le tennis, une pendule détraquée. La poésie, dérobade, fumisterie. Ma mère, une injustice, une enfant depuis qu'elle était partie. Mon enfant, ma sœur… Jadis Cathy s'alimentait pour me faire plaisir, à moi son grand frère, elle rougissait de fierté quand elle montait sur la bascule en petit slip fantaisie, une banane à la main, son appétit du jour. Elle m'avait attendu hier soir, l'estomac vide, les côtes saillantes, et ses lèvres pâles avaient formé des mots boudeurs, des bulles d'agonie : pas faim, pas envie, sommeil… Ma toute petite sœur. J'ai avancé la main vers le corps d'Aline, touché un morceau d'avant-bras.

– Je croyais que tu avais sommeil ?

– Juste un petit creux.

La respiration d'une femme est différente, la nuit, quand elle a les yeux ouverts, qu'elle va mal.

– À demain, chérie.

– À qui tu as téléphoné ?

– Personne.

– Et tu la vois quand ?

– N'oublie jamais que je l'ai quittée pour toi.

– C'est elle qui t'a viré.

– De dépit.

– Tiens donc, c'est nouveau. Donc elle t'aime, elle revient chercher sa proie.

J'ai soupiré :

– Elle a mis le temps.

Aline s'est retournée d'un bond, son souffle m'a touché la nuque.

– Dégage de cette maison ou dis-moi ce qu'elle t'a dit.

– Tu m'as arraché l'appareil des mains.

– Sors de mon lit, disparais.

Je n'ai pas été très courageux. J'ai mis mes chaussures, enfilé un pantalon et je suis descendu finir la nuit sur le canapé du salon. J'ai allumé la télé, le son coupé. Giscard parlait, beau mec, assez cow-boy avec ses favoris. J'ai fermé les yeux, tué le temps qui voulait m'assassiner en regardant les mots courir sur le papier, la mer, le sable, *mon cher papa, pourquoi je ne suis pas venu dîner ? Pose-toi la question. Je me la pose aussi, posons-la-nous, je suis fatigué, laisse-moi dormir à présent, je te demande instamment de ne pas perturber mon…*

6.

... Sommeil, mon cher papa j'ai bien en mémoire ta lettre du 17 courant, j'aimerais y répondre avec un roman qui serait notre histoire à tous les deux, comprendre enfin comment nous avons pu si peu nous rencontrer alors que nous avions rendez-vous tous les jours depuis l'instant où je suis né en 1950, à la clinique Sainte-Félicité, la guerre était finie mais j'ai bien senti qu'elle m'avait frôlé, qu'il en restait de puissants vestiges épars sur la grève et sur la dune où, perché sur tes épaules, j'ai vu la mer pour la première fois, respiré l'odeur du large, écouté le bruit du vent qui fait s'emberlificoter les ongles des chardons bleus parmi les sables, deviné dans ma première âme d'enfant que le bonheur est la respiration du monde et qu'il suffit de respirer là-haut par-dessus les cheveux gominés de l'homme qui vous porte et vous montre l'horizon pour être son fils et le fils de l'horizon, le cercle bleu des eaux fait le tour de mes yeux, j'ai les mains dans les tiennes et l'impression non pas d'être né la veille mais d'avoir toujours vécu ce moment d'accord naturel avec la mer, avec toi. Es-tu heureux, mon

cher papa ? Quel instant vis-tu quand je vis cette éternité sur tes épaules à l'âge où le regard est la seule pensée qui nous tienne à cœur ? Nous regardons la douceur des îles qui pourraient être des nuages à fleur d'eau, mais toi tu t'intéresses aux ferrailles des cargos éventrés sur les mines allemandes, avec leurs marins par-dessus bord, épaves aujourd'hui caressées par la lèvre polie du courant, hier flambés tandis qu'ils se cherchaient une eau libre au milieu des bombes immergées en vue d'acheminer leur petite contrebande à bon port, quelquefois des clopes, quelquefois le fulmicoton des explosifs, et si l'on regarde bien c'est tout du long que la grève en est encombrée des ossements d'acier des navires explosés, et aussi les gros piquants à touche-touche du mur d'enceinte atlantique, les toupillons rhomboïdaux au cas où les barges ennemies amèneraient à la côte des gosses armés jusqu'aux dents. Il y a un paysage pour moi, un autre pour toi, le tien reprend toute une vie dont j'ignore les malheurs, l'enfance heureuse au bord de la mer, de la guerre, elle est à deux pas d'ici ta mémoire, un port militaire, une ville inconnue fabriquée en hâte sur les cendres d'une ville abattue par les B-52 en 1944, trois jours et trois nuits d'affilée, histoire que les grands cuirassés nazis viennent à prendre feu sous abri quand la ville au-dessus n'en pourrait plus de se liquéfier en braises et torrents d'escarbilles et d'enfer à la manière d'un volcan, mon cher papa tu n'as jamais eu l'occasion d'écrire à ton cher papa sauf comme je le fais en écrivant directement dans ton cœur, dans la nuit, un jour il est monté chez vous tout équipé en officier marin, botté, l'arme au côté, et dehors son cheval piaffait à l'anneau, il a mangé devant toi un œuf dans le coquetier d'argent de son enfance et tu revois le saignement du jaune sur la coquille brisée d'un seul coup de cuillère, puis sur le flanc du coquetier où il a coagulé, il t'embrasse au front puis il y part, au front, s'arrachant aux pleurs, aux mains des épouse et sœurs, et c'est à Verdun plein Est qu'il s'est couché sous les tirs au bout d'un an, te laissant le souvenir du dernier œuf pris avec toi son fils et saignant sur la paroi lumineuse d'un coquetier d'argent, mon cher papa je suis monté sur tes épaules après l'autre guerre et la dune attirait les estropiés, les brûlés, un homme t'a parlé, un marin repêché dans le mazout en feu à Mers El-Kébir, le visage repoli dans un bloc opératoire de torpilleur, pas de sourcils, des cheveux cousus sur la peau du crâne et dans ce gâchis une pipe était plantée, un sourire déformait une bouche fendue au bistouri, mon cher papa le fer était roi à cette époque, on ramassait les boîtes de conserve aplaties pour les collectes de ferraille et les camions passaient débordant d'une cocagne de barbelés, ces barbelés abandonnés aux grèves, ces barbelés dont on ne viendrait jamais à bout, les chauffeurs te saluaient, les capucines poussaient dans des jerricans US coupés en deux, il y avait aussi les chaloupes des naufrages encastrées dans les rochers, les plongeurs sous-marins remontaient des obus, des mitrailleuses, des cadavres pleins aux as, mais aussi des navires entiers affalés dans l'eau entre les îles du télégraphe d'où le câble partit pour l'Amérique, et l'on envoyait les dragues de Lampaul et Trémazan nettoyer tout ce métal naufragé au chalumeau oxhydrique, jour et nuit leurs éclairs bleus sous la lune, la pluie, et les chaudières des bateaux découpés trônaient autour du menhir et du blockhaus, et le riche Arménien Gazar, la limasse au vent, le maquereau des épaves en chapeau mou, venait rôder, faire une offre aux gars des ferrailles comme il aurait acquis la mort dans l'âme un lot de femmes usagées sur un marché pauvre, un jour c'est un avion allemand qu'il s'est payé avec le pilote à l'intérieur, un pantin cuit jusqu'au charbon dont ne restait plus d'humain que les cheveux dorés d'un adolescent, pardonne-moi mon cher papa, je suis en train de lire le Voyage au bout de la nuit, livre que tu détestais, et je retrouve un peu le ton du bouquin dans ma voix, comme disait l'auteur il suffit de fermer les yeux, ils se ferment d'eux-mêmes après tout quand on s'endort, se souvient, quand on veut caresser l'infini, l'ailleurs, écrire à son père uniquement pour le plaisir de s'entendre murmurer mon cher papa et faire briller ces mots d'enfant dans les ténèbres, mon cher papa tu portais des pantalons blancs, des chemises à épaulettes, blond comme un vrai Nordique, les yeux bleu marin, le teint rose un rien rosbif, la police allemande te soupçonnait, pourquoi pas un espion anglais débarqué sur la grève à la godille, et toi tu parlais anglais comme un zèbre espagnol, c'est maman qui t'a appris à godiller, toi tu parlais grec en regardant l'horizon qui teintait ta prunelle et de l'horizon montait vers nous le sourire homérique de ton compatriote Ulysse et celui d'Elpénor son ami, la patrie des héros d'avant la croix, des dieux sans larmes, toi tu parlais hiéroglyphes avec les sables de Corsen, Abousir, Dashour, Trémazan, Gizeh, Hassi Messaoud, Quélern ou Lannilis, le sable était le livre du vent qui sait tout, ne dit rien, le livre qu'il faut dérober au vent qui se mêle autrement de tout emporter, tu marchais pieds nus dans des spartiates d'Upsal, un peu moine, un peu gymnaste formé à la rude école de l'interdit sensuel et du mens sana in corpore sano, tu étais beau, bien rasé, l'ongle limé, les cheveux peignés cent fois par jour, oints à la Silvikrine, aussi coutumier pour toi que la cuillérée à soupe de lactoma pour grand-père, et devant l'horizon tu salivais comme un petit fou qui va partir aux îles, mon cher papa, d'où vient que nous n'avons plus jamais été amis comme ce jour où j'avais trois ans sur tes épaules, où les mains dans les mains on regardait la mer comme si l'on venait de la traverser à pied, que l'on se retournait sur le chemin parcouru ? Tu m'appelais p'tit frère ou p'tit vieux, et si je suis resté p'tit vieux dans ta voix c'est par fidélité aux habitudes, tu ne m'as plus caressé les mains, plus regardé les yeux comme si tu regardais la mer et que l'on se retournait sur le chemin parcouru, tu m'as manqué, mon cher papa, elle aussi m'a dit ces mots tout à l'heure, tu m'as manqué, je te demande instamment de ne pas perturber mon…

7.

Tu m'as manqué... Ça va droit au cœur, ces mots-là, ça repêche les souvenirs là où il n'y avait plus aucun souvenir l'instant d'avant. La tête d'Aline si j'avais honnêtement répondu à ses questions, oh ! elle ne m'a rien dit, trois mots, que je lui manquais.

En me trouvant sur le canapé, Aline m'avait flanqué dehors.

– Tant que tu ne m'auras pas dit la vérité tu n'es plus chez toi ici. Tu n'as qu'à lui demander l'asile.

La douce Aline, cœur d'or, avait eu ces paroles définitives au saut du lit, ne reviens jamais. Et aussi, ton père et moi on s'est vus l'autre jour, on s'est écrit, j'en avais besoin pour ne pas m'effondrer, je sais tout sur tes mensonges, il m'a tout raconté. Et pour que vraiment je saute dans mon pantalon, attrape au vol mon sac de sport et, pas rasé, sans chaussettes, me décide à filer, elle avait lancé :

– Moi qui t'avais recueilli, pauvre loque.

C'est étrange, une femme, sa façon d'interpréter les choses après coup. La marée monte, on est un dieu. Elle descend, on est un monstre. On voit surgir des formules et des évidences auxquelles on n'aurait jamais pensé. Elle fait miroiter l'amour fou sous un angle tel que si l'on y mordait, cette fois, il aurait une saveur de cyanure. Et l'on apprend qu'une personne de quarante-trois ans vous lui avez volé sa jeunesse en l'aimant. On apprend qu'elle ne voulait pas de ça, pas avec vous, que vous êtes un gigolo, un escroc, ce que votre père a d'ailleurs gentiment confirmé parce qu'il ne tient pas à vous enfoncer, et que votre mère aurait aussi gentiment confirmé, elle que vous avez fait souffrir, et que même Cathy, malgré son indulgence envers vous, aurait admis et signé d'une croix.

J'étais à pied. La mobe n'avait pas voulu démarrer. On aurait dit qu'elle se rappelait qui l'avait payée, qu'elle refusait de partir avec moi. Je suis arrivé au parc Montsouris. J'ai fait un somme devant l'étang. Un couple de cygnes voguaient sous les saules. J'ai une tendresse pour ces oiseaux. Ils s'arrangent toujours pour m'apparaître quand la vie me joue des tours. Il me restait un ticket de métro, pas deux. Je prendrais le métro à Denfert, direction Étoile. Mon malheur allait faire des heureux, mon père et Cathy.

Je retardais le moment d'aller sonner là-bas. Le retour du gigolo prodigue. Mes antécédents au grand complet. Mon piano, ma chambre, mon sommier rempli d'objets suspects, pistolets à plombs, bulletins scolaires, illustrés même pas cochons mais illustrés quand même, mignonnettes de Coca-Cola, *Mein Kampf* lu et souligné. Mon réveille-matin Jaz indiquant l'heure immobilisée d'une vie que je m'étais juré de ne plus approcher, d'abandonner telle quelle à mon imagination. Mon père au lit comme un roi, trois oreillers sous la nuque, se faisant servir par une aveugle qui pouvait s'ébouillanter. Ma mère partout, nulle part, ses vêtements dans la penderie, ses robes de concert, sa robe de mariée qu'elle voulait retoucher pour ma communion solennelle, me voir porter, moins cher qu'une aube.

Je leur dirais la vérité. Je leur dirais... La vérité quand c'est moi qui la dis n'est plus la vérité, je ferais de mon mieux.

Allongé sur le banc, je pensais à maman. Je ne sais pas aller mal sans qu'elle y soit pour quelque chose, sans revivre l'instant où je dis à Cathy : on va la voir, sœurette, et elle comprend à mon intonation, elle qui n'a jamais rien vu, qu'on va la voir à l'hôpital et qu'elle ne nous verra pas, ne dira rien. J'ai infligé ce désespoir à ma sœur. Mon père en a été incapable. De même qu'il n'a pas eu un mot, quand j'eus intercepté l'appel de l'infirmière à la voix câline, le 6 mai 1969, pour humaniser la nouvelle en la partageant avec son p'tit vieux, *fifty-fifty*. Il s'est contenté de regarder les rails du métro par la fenêtre et de se repeigner. J'oubliais, il m'a serré la main, ce qu'il faisait toujours au tennis, la partie finie.

Qu'Aline m'ait viré, on pouvait s'y attendre. Le pire s'était produit chez nous avec l'appel d'Alba. Nous avions passé un accord, Aline et moi, ou plutôt c'est moi seul qui avais juré de lui parler honnêtement si jamais sa fille cherchait à me relancer. Elle vivait notre amour sous la menace d'une Alba qu'elle s'imaginait avoir vue, qu'elle apercevait dans le marc de café, dans les contre-jours du figuier, devant la maison, à la tombée du soir. Drôle de maman, drôle de fille à maman.

Elle me testait :

– C'est très différent, pour un jeune homme comme toi, une fille de vingt ans et une femme de quarante-deux ?

– Différent ?

– Physiquement… La peau, tout.

J'éludais. Il ne s'était rien passé entre sa fille et moi. Le soir où j'avais atterri à Montrouge, c'était la première fois que nous sortions ensemble. Elle ne m'attirait pas, certes jolie mais bizarre. Menteuse à faire peur. Moins jolie qu'elle, moins typée… Tellement plus jeune, soupirait Aline, et je savais qu'à ce moment-là je n'avais pas intérêt à protester car ma douce Aline avait la phobie du temps qui s'en va. Ce qu'elle préférait chez un amoureux c'était la date de naissance, pour faire siennes les décennies qui le séparaient d'elle et gagner du temps. Avant moi elle avait eu un Tchèque de Bohème, vingt-cinq ans, musicien prodige, parti vivre en Poméranie avec le doyen des petits chanteurs de Vienne, dix-huit ans. Mauvaise affaire au lit. Après moi il n'y aurait personne, car seule la mort… n'est-ce pas ? Les mots sont d'Aline et je renchérissais docilement. La mort sépare, l'amour aussi.

Pour compliquer la tâche au mauvais sort et que le temps fût notre meilleur allié, elle m'avait dit : je vais te faire un enfant, mon chéri, c'est la plus belle preuve d'amour que je puisse donner à un garçon aussi viril que toi.

Je me suis levé. La voix d'Alba gazouillait dans ma tête à l'infini : tu m'as manqué… Lui tordre le kiki, à cette sorcière.

J'ai pris le métro. Je suis arrivé boulevard Delessert sur mon palier. Dans une minute je verrais papa. Je lui dirais la vérité sur le motif de ma rupture avec Aline et nos regards se croiseraient. Un frisson glacé m'a parcouru l'échine. J'ai tourné les talons, descendu l'escalier. Au-dessous c'était chez Tim.

Un mot scotché sur la porte béante.

Calmos, ma Jenny. Je n'ai pas forcé la serrure. Tu peux entrer sans peur et si tu te fais violer ce serait un cas malheureux comme dirait ma tante, une fatalité plus rare qu'une anguille dans une botte de sept lieues. Je suis à mon atelier d'Ek. Je serai là pour dîner. J'espère avoir un nouveau jeu de clés pour toi. N'hésite pas à faire la vaisselle entretemps, mère Denis. Tout ce qui est sale dans l'évier est à toi, il y a tes empreintes, ta bouche en cœur sur tous les bols de cacao, c'est bien tes mégots qui marinent dans les assiettes que tu n'as même pas vidées. Le caquelon à fondue qui pue le graillon c'est mon œuvre, bijou, touches-y donc pas. Je mangerais bien des pâtes aux légumes, ce soir. Il y a tout ce qu'il faut au frigo si tu n'as pas fait main basse dessus. Le type avec son putain d'accent snob a retéléphoné pour toi. Je lui ai redit que j'étais ton cousin, j'ai repris ma voix de fiotte, histoire de t'arranger le coup. Bisous, ma pupuce, à ce soir, j'en ai l'eau à la bouche, lingerie noire de rigueur et bâtons d'encens. Que dirais-tu d'une émulsion d'eau tiède avec du savon de Marseille en paillettes ? J'ai essayé sur moi, c'est du bonheur. T.

J'ai sonné à tout hasard, j'ai poussé la porte et traversé l'appartement jusqu'à la cuisine. Aucun voleur n'a jailli d'un placard. J'ai fait le tour des pièces et je suis revenu à la cuisine. Un foutoir de tous les diables, un évier comme on aimerait le livrer tel quel au musée d'Art moderne et proposer à l'attention d'un public américain féru d'artefacts hors de prix, témoins radieux de la présence de l'art à tous les échelons du vivant. Une belle semaine de laisser-aller caracolait dans cette cuisine, sur la table et dans l'évier, la poubelle dégorgeait son butin. Je me demandais où était passée Matilda, la tante de mon copain. Il peut se passer tellement de choses en trois mois. Ça ne devait pas être alarmant, vu le style plaisantin du mot. En absence de Matilda, Tim faisait l'hôtelier. Une inconnue pour moi, la Jenny. Il était encore avec ma sœur en juin. Ça expliquait en partie qu'elle ne s'alimente plus. À deux étages au-dessus de ma tête elle faisait la grève de la faim. Je l'imaginais les traits tirés, la bouche fendillée, affichant les cernes bleuâtres des gens au bout du rouleau. Je n'aurais eu qu'à monter l'escalier pour lui redonner des couleurs.

Sur la table, il y avait un bloc de papier ligné A4, toute une semaine de correspondance avec la dénommée Jennyfer qui semblait avoir un mal fou à comprendre ce que Tim attendait d'une présence féminine sous son toit.

Ma Jenny d'amour. Baise avec qui tu veux, mais pense à moi. Il restait un préservatif du kit Sensation dans le tiroir du buffet. Quand tu prends tu remplaces, OK ? Ça t'est peut-être égal que je me sois ramassé avec C., mais elle ne vient pas pour que ça dégénère en branlette. Idem pour la vaisselle, chaton, quand tu salis tu nettoies, OK ? J'aimerais mieux qu'on me coupe en morceaux plutôt que de laver à ta place. N'oublie pas que je bosse de bon matin et que tu n'as rien à glander. Un mec à l'accent très Marie-Chantal a téléphoné pour toi. Je me suis fait passer pour ton cousin. Bisous partout, suçons sur les fesses. T.

Mon Titim. C'est moi qui ai payé le kit Sensation, rappelle-toi. On ne l'a même pas essayé ensemble. Alors ne me fais pas une pendule pour une malheureuse capote. La pharmacie Benjamin Franklin est ouverte jusqu'à minuit. Excuse-moi pour C. Je n'ai pas fait la vaisselle car il n'y a plus de Mir. Je ne vais quand même pas la gratter avec mes ongles ou la lécher. S'il te plaît, pense à relever le couvercle des toilettes quand tu fais pipi comme un sagouin. Dans toutes les bonnes familles les mecs font ça. Je te jure que ce n'est pas marrant quand on se lève en pleine nuit à moitié endormie, de s'asseoir sur un siège trempé. As-tu remarqué les traces d'humidité dans la salle de bain, au-dessus de la baignoire ? Il y a peut-être un dégât des eaux ? Il faudrait faire jouer l'assurance. Je ne vois pas l'intérêt de conserver au Frigidaire ce vieux morceau de livarot qui pue. Qu'en penses-tu ? Me révéler qu'un homme à l'accent très Marie-Chantal a téléphoné ne m'est d'aucune utilité si tu ne m'en dis pas plus. La prochaine fois, pousse la grossièreté jusqu'à lui demander son nom. C'est sans doute mon père. Inutile de jouer au proche cousin car il les connaît tous. Bisous tendres, J.

Ma Jenny. Je vois bien que tu préfères te payer des préservatifs avec tes allocs plutôt que du liquide à vaisselle, mais un flacon de Mir ne te ruinerait pas. À propos, navré pour les taches dans la salle de bain. C. et moi, nous avons pris un bain ensemble, l'autre nuit, avec massage à l'huile de fleurs. J'étais très excité, voilà tout. Le siège des toilettes n'est pas moins inondé après tes féminines prestations en posture assise. C'est la chasse d'eau qui est mal foutue. Elle chasse aussi vers le haut. N'hésite pas à faire appel à un plombier si tes jolis cuissots n'en peuvent mais. Quant à ton père, j'ignorais qu'il eût cette voix de tapette. Et je ne serais pas étonné que sa fille adorée ne soit qu'un travelo. Ne t'inquiète pas j'aime beaucoup les animaux. Dînons ensemble ce soir, je rentrerai tôt. Fais-nous donc tes œufs à la tripe, bisous, T.

Timy, mon petit cactus plein de gros piquants. C'est quoi cette histoire de massage ? Moi, tu ne m'as jamais massée. C'est donc ça qui schlinguait, cette nuit, quand tu t'es couché, ton huile de fleurs. J'ai failli aller dormir dans le salon. Promis, je fais la vaisselle aujourd'hui. Non, je la ferai plus tard. Commence par t'excuser de nous avoir insultés mon père et moi. Et sois sympa, quand on m'appelle, de prendre le nom des gens. Ça peut être du boulot ou des types de soixante ans qui répondent à mon annonce dans Libé. *C'EST PEUT-ÊTRE MON FUTUR MARI, GROS CON ! Comment veux-tu que je te paie un loyer si tu m'empêches de bosser ? Dis donc, le livarot s'est défenestré dans la cour sous mes yeux. J'ignorais qu'un fromage désespéré fuyait sa propre odeur et se transformait en mille-pattes. J'espère que tu ne m'en veux pas. Bisous. J.*

P. S. : Rentrerai tard. Suis sur un coup avec un fripier chic du boulevard Saint-Germain. Il a une Porsche et il paie tout en liquide. Je ne sais pas combien d'argent il a sur lui, ce bienfaiteur ! Une autre fois, les œufs à la tripe. Un copain m'a apporté une barquette de langues d'agneau sauce cornichon. C'est une véritable péniche, elle est au frigo, ça me dégoûte un peu. Alors si tu as le pied marin et le cœur bien accroché. Rebisous.

J'ai fait réchauffer la langue, j'en ai bâfré toute une casserole. Je m'interrogeais vaguement sur les motivations d'un garçon qui ne trouve rien de mieux que ce genre de mets pour s'inviter à déjeuner chez une amie. Quelque sous-entendu sexuel… J'étais chargé à bloc après ma dégustation. J'hésitais à compter les moutons muets dont la langue me tournait sur l'estomac. Je risquais de m'endormir pour de bon, de mourir avec l'impression d'arriver chez moi. Il me fallait garder les yeux ouverts. Je suis parti les écarquiller au-dessus de l'évier. Sans l'avoir décidé, peut-être bien pour me glisser dans l'intimité du dialogue entre Jennyfer et Tim, j'ai cherché le flacon de Mir et me suis collé à la vaisselle. Et aussi pour me faire pardonner. C'est obsessionnel, chez moi ce besoin d'être pardonné, blanchi. La prochaine fois que vous me rencontrez dans la rue, faites-moi ce plaisir qui consiste à me poser la main sur l'avant-bras en déclarant à voix intelligible et lente : je vous pardonne. Au besoin tutoyez-moi. Peu importe qu'on ne se connaisse pas ou que vous soyez bien plus fautif que quiconque. Ne vous étonnez pas si je vous invite alors à boire un verre au bistrot du coin, et, si vous êtes une femme, de préférence jolie, pas trop dégradée sur le plan formel, s'il me prend l'envie de coucher avec vous du mieux que je pourrai, avec une espèce d'amour fou totalement sincère et provisoire comme le vent. J'y crois. Je vous attends. L'amour n'est rien d'autre. Un immense pardon qui fait crier l'âme enfermée du monde à travers les sens. Le temps presse. On ne le dit jamais assez qu'il presse, et que tout nonchalant et définitif qu'il a l'air, c'est un vil salopard autrement plus véloce que le brasero des astres éteints en haut des nuits d'été. Je compte sur vous. Comptez sur moi. Allez je vous ai pardonnée, sauvée. À tout de suite.

8.

Dans la chambre de Tim, un rose désordre de fille ornait le dossier des fauteuils, les tiroirs ouverts, les becs du perroquet, sous-vêtements ajourés pareils aux mues saisonnières du serpent. *Musc et Mûre*, proclamait l'étiquette d'un flacon violet à fermoir d'or sur le marocain chartreuse du bureau à pattes de lion. Le sent-bon d'un vrai pirate ou d'une vraie fille à pirates. On retrouvait cet effluve équatorial au détour des soutiens-gorge et liquettes jetés çà et là, on le respirait sur les oreillers. Quel bon flic j'étais. Quel forban, ce Tim ! Il se faisait ma frangine à l'huile de fleurs et la chômeuse à *Musc et Mûre* des Artisans parfumeurs. Un méli-mélo gerbatif. Avec le fétide accent des langues d'agneau et la mélancolie qui m'environnait depuis le matin, je ne donnais pas cher de ma digestion.

Je tendis la main vers un téléphone ivoire en vrac au milieu du lit, mais l'odeur du combiné m'arrêta. *Musc et Mûre* en plus musqué, plus mûr. J'avais besoin de parler à quelqu'un, de m'épancher. Idéalement j'aurais voulu me réconcilier avec Aline et dans la foulée rentrer chez moi. Idéalement je n'aurais pas dit non si Alba m'avait attendu rue Marie-Rose, nue, dorée, salée, dans son petit lit bon marché cerné de pétales de mer comme autrefois. Ses mensonges, ses lapins, sa duplicité, j'étais prêt à tout pardonner maintenant qu'Aline m'avait chassé. J'étais bon, les amoureux sont bons, prêts à tout pour parvenir à leurs fins. Je t'ai manqué, tu m'as manqué.

C'était bien joli, mais depuis son départ j'avais fait mieux ou pire que m'envoyer sa mère honnie, je m'étais installé à Montrouge, j'avais pris la place de la fille et celle du conjoint, et si nous n'étions pas encore passés à la mairie, Aline et moi, c'est au motif que je redoutais la prise de sang exigée par le bureau des mariages. N'était-ce pas moi pourtant, le plus attaché à cette idée fleur bleue qu'un si grand amour méritait d'être bagué devant la loi. Alba l'avait-elle appris ? Pourquoi cet appel au point du jour ? Pourquoi maintenant ?

Je ne voyais qu'une réponse, elle me faisait battre le cœur : à travers les années, elle tenait à moi.

Et moi ?

C'était simple, apparemment. Je prenais mon courage à deux mains, j'appelais Aline, j'assumais une explication saignante et parfaitement hypocrite avec la brune au cœur d'or, et sachant à quoi m'en tenir je reprenais contact avec l'amour d'avant, celui qui menait sa vie souterraine en moi, prêt à renaître. La femme de ma vie, la fille de la femme de ma vie. La fille et la mère étaient les amours de ma vie. Les femmes de ma vie.

J'étais bien trop couard pour échafauder une rupture franche avec Aline, une explication à cœur ouvert. La seule chose que j'aie jamais été capable d'oser dans les jeux d'amour, cette barbarie, c'est de me laisser ballotter au gré d'un n'importe quoi ravageur qui finit par laisser l'un des deux sur le carreau. Un jour une copine m'a dit ces mots : ne pleurons pas sur le lait répandu… C'était généreux, cucul, elle tournait la page de mes torts à son détriment. Puis elle a dit, cette chic fille : qu'en penses-tu, Marc ? L'essentiel est-il vraiment de se regarder l'un l'autre ? Ne vaut-il pas mieux regarder ensemble dans la même direction ?… Elle parlait par citations déformées, customisées, sport qui la faisait transpirer des aisselles. J'entends encore ses inflexions brisées quand j'eus signifié mon irrévocable décision de regarder seul, là où ça me plaisait : ne pars pas, oh non, pleurnichait-elle, partir c'est mourir un peu, l'homme est un adouleur tant qu'il n'a pas son maître et nul ne se souffert, etc.

Mon pauvre amour. Marie-Annick. Ou Marie-Véronique. Ou les deux. Présentement, le viré c'était moi.

Quand Tim est arrivé, j'étais assis par terre, adossé au lit. Je somnolais en écoutant les Dudaïm, un groupe israélien plutôt country dans le style merveilleux tristounet. Une harmonie si concordante avec mon humeur que j'avais bien écouté trois fois l'album à plein volume.

Tim a commencé par m'enjamber comme si je faisais partie du foutoir, puis il a coupé le son.

– Est-ce que tu as un couteau sur toi ?

C'est lui qui pose la question. Curieuse entrée en matière. Il est à son bureau de frère de la côte, un bois d'épave issu d'une galère étrusque, affirme-t-il. Je ne l'ai pas vu depuis juin dernier, mais il est toujours fringué pareil, futal noir, gilet noir, chemise violâtre, et bien sûr le collier fétiche de feu son père, un pénis d'ivoire miniature taillé dans une canine d'alligator, passé dans un cordon tressé de poils pubiens d'alligator.

– Il y en a dans la cuisine, tu en veux un ?

– Je t'ai offert une lame automatique, l'an dernier, où est-elle ?

– Tu m'offres un couteau chaque année depuis le jour de ma naissance, Tim. Ils sont graissés, rangés dans un linge propre et sec, le tout planqué à l'intérieur de mon matelas, deux étages au-dessus d'ici. J'ai aussi le pistolet SS avec lequel tu t'es suicidé en juillet 69, et la capsule de cyanure SS que je t'ai échangée contre un soutif de Cathy.

– Tu t'es fait rouler, ce n'est qu'une boule puante. J'en ai acheté tout un lot à une vieille pianiste juive de Munich. Une grosse arnaque. Passe-moi le canif…

– Pour quoi faire ?

– On m'a crevé mes pneus. C'est toi.

– Non.

– Montre voir l'eustache.

Il tend la main à travers la table, sa drôle de main fine, musclée, naturellement hâlée comme une patte de singe, baguée d'un rubis à l'auriculaire et d'or blanc au pouce.

– Il est là-haut.

– Vas-y.

– Je suis en froid avec mon père.

Il me regarde. Il a les yeux noirs. Deux planètes aux luisances d'olive. S'il avait les yeux bleus, ce serait papa tout craché.

– Avec qui n'es-tu pas en froid !...

Avec toi, j'espère

Il sourit du regard. Son visage est impassible.

– J'ai la dalle en plus d'avoir le sang chaud. Tu vas me raconter tout ça en dînant. J'ai toujours eu un faible pour les épaves. Il y a tu sais quoi au frigo ? Mon plat préféré. Des langues d'agneau. Tout est beau dans l'agneau si doux. Un vrai pain des anges. Cœur, cervelle, foie, ris, panse, tripoux, animelles, trouve-moi dans la chair de cette bestiole ce qui nous coupe l'appétit... Même les yeux, frits avec de la cardamone et des échalotes sont un délice bien supérieur au caviar. J'en mangeais avec les pêcheurs d'Antana quand j'étais gosse, à toute heure du jour, sur les caïques.

Il est plein de souvenirs qui ne riment à rien, aucune réalité.

– J'ai mangé les langues.

– Tout ça ne me dit pas ce que tu as fait du canif... On sert des acras de morue à la Papangue, un boui-boui réunionnais tenu par trois prostituées, la mère et les filles. On verra bien si elles nous présentent l'addition. Au moins on aura pu causer. Et se les faire à l'œil.

Nous y sommes allés en bus, nous sommes revenus à pied. La prostituée maman, dodelinant et sonnant comme un vieux serpent toujours venimeux, avait jeté dehors mon pirate du ruisseau, ardoisé déjà de plusieurs dîners impayés dans l'établissement.

Tout en avançant d'un pas boitillant, Tim m'expliquait qu'il était sur le sable depuis quelque temps, sa Jennyfer s'étant révélée d'une incapacité majeure à lui payer, oh pas même un loyer – car trois cents mètres carrés boulevard Delessert avec vue sur le quadrant sud-ouest du fleuve méritait mieux qu'une comptable en recherche d'emploi –, pas même un loyer mais une indemnité. Il m'apprit que Matilda, retraitée depuis la fin juin, l'avait lâché pour aller prendre un bol d'air à Tananarive et que ce bol se changeait en usine à gaz.

– Elle téléphone, elle écrit, elle télégraphie, elle envoie des avocats. Elle dit qu'elle n'a jamais vécu à Paris, que je n'habite pas à l'adresse indiquée, que j'ai fugué, que si j'étais vraiment son neveu elle le sentirait dans sa chair, qu'elle va porter plainte pour persécution de femme seule, que je n'aurai pas un sou, qu'elle est ruinée par ma faute.

– C'est la camisole, à ce niveau.

– Alzheimer, mec… Ça s'est déclaré à son arrivée là-bas. Ça faisait cinquante ans qu'elle n'avait pas remis les pieds sur le sol natal, et elle en a soixante-cinq. Elle s'est autocommotionnée. Il ne faut jamais bouger les vieillards, surtout quand ils sont fragiles du plafond.

Ça m'a peiné. Matilda avait toujours été généreuse avec moi. Elle avait de gros doigts miraculeux et l'on venait des quatre coins du monde pour se faire débloquer par elle et masser.

– Va la chercher, ramène-la.

– Pas le choix. L'appartement tombe en ruine et les factures s'empilent dans la cheminée. Au premier froid j'arrose tout ça d'essence et vlouf ! Et vlouf aussi pour moi, je plaisante…

– Et pourquoi tu boites ?

– Ça s'appelle une aberration phallique, mon pote, je suis le second spécimen après Napoléon, mais chez lui c'était l'inverse, une atrophie croissante qui s'est terminée par un clitoris de naine… Marre-toi, fainéant ! Y'a que je circule à pieds dans les camarguaises de Jenny, orteils recroquevillés, un rôdeur ayant lacéré les roues de ma bécane.

– Et pourquoi j'aurais fait ça, Tim ?

– Parce que tu es un mec à deux vitesses, une bête à bon Dieu bien vicieuse. Parce que ta main gauche ignore ce que fait ta main droite, sale petit catho.

– Et pourquoi elle aurait fait ça, ma main droite ?

– Le 23 juin, ta main droite a bien signé le torche-cul glissé courageusement sous mon paillasson, mais tu n'en as aucun souvenir. Ma tante l'a lu, elle en a pleuré. Moi aussi je l'ai lu.

Moi je ne l'avais pas relu, pas besoin, je le connaissais par cœur :

Tim, je ne partirai pas en vacances avec toi cette année. Je suis le premier déçu. Cathy comprendra. Elle a toujours eu peur en bateau. Ce qu'elle préfère à Trémazan c'est la serre à raisin du manoir. C'est mieux si c'est toi qui lui dis. J'ai bien réfléchi. En pleine mer sur un voilier, ça n'irait pas. Le shit, passe encore, mais le trichlo et les amphètes... Avec une aveugle à bord. Aline et moi on reste à Paris pour le moment. Appelle-moi qu'on en discute. Fais gaffe avec tous ces produits, pense à ta santé. Tu as peut-être besoin d'un psy, même si je déteste ce mot. Je te préviens un peu tard, désolé vieux. On n'aura qu'à jouer au tennis à l'automne. Ton ami fidèle, Marc.

– C'était rigolo, non ?

– Et ma main sur la figure, elle est rigolote ? Je t'ai appelé cent fois, mec, le téléphone était décroché. Tu m'as prévenu le 23 pour le 23, à dix-sept heures pour dix-huit. J'avais fait mon sac, j'avais mon billet, un cadeau pour toi. Je suis passé à Montrouge, personne. Le petit couple avait fui les grosses chaleurs de la capitale. Direction Palavas-les-Flots avec les cong'pay, you caïdi, avec la 2 CV décapotable et les chips, you caïda.

– On ne va pas reparler de ça.

– On n'en a jamais parlé... Elle le sait, ta main droite, quand tu te pignoles avec la gauche ? Et quand tu leur mets sec et profond, à tes amis, il s'en souvient le petit chauve à col roulé ?

– Bon Dieu, Tim ! Fous-moi la paix. Aline m'a viré. Ça va la jonque ?

– Elle avance.

Elle avançait béquillée sur des IPN soudés à un châssis de béton, le tout posé dans un champ prêté par l'Écomarché au nord de Romainville. Elle avançait au rythme du globe terrestre autour des mondes. J'avais été réquisitionné le jour du sablage, jour de fête pour Tim. Après sablage, peinture. Après peinture, fioriture, décoration, ligne de flottaison, de liston. Après fioriture, reboulonnage du zinc en lingots sur les œuvres vives, et bientôt, demain, avec l'aide de Dieu… Tim disait sablage et ça faisait penser à du champagne, à la danse animale des bulles et des rires. Sur place, on s'était harnachés. Tim m'avait affublé d'une combinaison d'apiculteur, ou de cosmonaute, ou peut-être d'agent de décontamination nucléaire, et donné une lance à eau sous pression pour décalaminer la tôle. On s'est mis à la tâche, perplexes, sous un crachin d'automne typiquement léonard. Après cinq minutes d'enfumage à l'eau sablée sous pression, Tim a soulevé sa visière au mica pour déclarer : vache qui pisse, mec, allons boire un coup. On était allés sabler des pintes de bière au bistrot, cartes marines étalées sur la toile cirée. On avait examiné les mouillages intéressants à l'embouchure du fleuve Manombolo que Tim entendait remonter l'année même avec ma sœur, sa future épouse, et avec moi, escorté par des alligators aussi joyeux et démonstratifs que les bateaux pompes du port de New York lorsqu'ils saluent de tous leurs geysers l'arrivée d'un paquebot.

On traversait le pont de Bir-Hakeim. Je trouvais qu'il y allait un peu fort avec un ami aussi déprimé que je l'étais. Il était bien dix heures du soir et je n'avais pas réalisé, quittant Montrouge le matin, que le soleil s'éteindrait sans que je sois rentré au nid. Je rêvais d'Alba, mais j'aurais mieux rêvé chez moi, douillettement planqué dans mon bureau tandis qu'Aline prenait son bain et que le bruit régulier des robinets la fixait au bout du palier, sous un rempart de mousse à l'épreuve des chuchotements scélérats. Je trouvais la nuit bien trop grande autour de moi, soudain.

– Tu vois, mec, Matilda ne m'a jamais baptisé. Elle a voulu, les curés ont refusé. Il fallait une signature des parents, et côté parents je suis fauché. Ça me vexait, petit. Pourquoi les autres et pas moi ? Pourquoi ils font leur communion ? Pourquoi ils vont à l'église ? Pourquoi ils ont l'air content ? Pourquoi la mort ne leur fait pas peur ? Ils ont l'air encore plus content quand ça sent la mort, pour eux ça sent Dieu, ça sent la cannelle, ça sent les petits pains chauds multipliés au bord du lac, le pop-corn à la louche qui les attend au paradis. Ça me vexait, ça m'affolait. Tu me répétais que j'irais en enfer, le plus grand des fours crématoires, et qu'Auschwitz en comparaison c'était le Club Med… Mais regarde un peu ce que tu es devenu, avec ton catéchisme et ton super-bon-Dieu-parfait-à-qui-le-péché-déplaît… T'es devenu un con. C'est fini, je n'ai plus de regrets, tu peux le garder pour toi ton baptême… « En mon âme et conscience »… T'as osé m'écrire ça. Tu m'as collé ton âme entre les dents, ta conscience entre mes dents pourries au trichlo. En ton âme et conscience tu t'es barré comme un voleur en vacances avec ta poule et ça fait quatre mois que tu fais le mort… Quand je pense à la mère que tu avais. Tu ne te demandes pas, des fois, si tu es bien son fils ? Si on ne t'a pas ramassé dans une pissotière ?

9.

Quand j'avais connu Tim, vers quatre ans, il était gros, bouboule, une coiffure de paille, des yeux comme des pastilles de menthe. À sept ans il avait un corps d'athlète miniature et ne s'intéressait déjà plus qu'aux filles. C'était vraiment le plus fieffé déconneur qui soit tombé des nues, les ailes d'Icare accrochées par de la Rufflette à soutien-gorge aux omoplates. Il visait l'impossible, il chérissait les institutrices, les doctoresses, les mères de ses copains. Un réfractaire, disait Matilda l'ostéopathe, sa tante, qui lui donnait la becquée, mais aussi jour après jour les cadeaux rouge et or d'un Noël sans fin. Un neveu gâté pourri, battu pourri que l'école de la République avait essayé d'asseoir sur ses bancs pour en faire un homme, un citoyen digne de prendre les armes, et, le cas échéant, d'aller faire le coup de feu dans les Vosges contre les citoyens d'en face, croix contre croix. Chaque soir, l'ostéopathe lui démanchait les abattis à coups de bâton. Qu'il disait. Pourquoi pas ?… Elle achetait ses martinets par deux au marchand de couleurs du boulevard, mais Tim les trafiquait aux ciseaux, raccourcissant les queues du chat, et s'il hurlait comme une bête égorgée sous la dégelée c'était uniquement pour ameuter le quartier. (Mon père se contentait de fermer pudiquement les fenêtres, agacé par la nuisance sonore qu'il signalerait au syndic à la prochaine réunion des copropriétaires.) Rien ne valait un bon vieux manche à balai pour châtier cet emmerdeur de Tim venu sur terre uniquement pour que sa tante ait une bonne raison d'en vouloir au bon Dieu, l'inventeur pervers d'un tel chenapan. Elle n'allait pas le mettre au feu, quand même. Le fils de son frère chéri mort à Tananarive, l'œil droit mordu par une vipère noire alors qu'il venait la chercher en Jeep à l'aérodrome. Pauvre gosse, elle l'aimait comme son enfant. Elle le battait comme elle aurait battu sa propre fille si Dieu lui avait prêté vie, mais Dieu n'est pas si prêteur qu'on dit. Une raclée, un cadeau. Mère fouettard, mère Noël. Une éducation de derrière les fagots, entendu, mais comment faire autrement ? Pas un jour que Tim ne rentrât du collège sans rapporter une nouvelle connerie dont il se lavait les mains en pleurnichant : « C'est pas moi, c'est le singe… » « Qui est le singe, Tim ? » demandait la psy à blouse blanche. « Il est en moi, il se marre, il me dit fais ci, fais ça, il m'attrape la main. » « À quoi ressemble le singe, Tim ? » « À un singe, comme tous les singes. Sauf que le mien il sait parler. Il est bilingue… »

Il ajoutait : « Si vous m'opérez du singe et que je meurs sur la table, c'est mon copain Marc l'héritier. »

En attendant, Matilda le dérouillait en lui disant qu'elle tapait sur le singe, pas sur lui. Que le singe allait descendre de l'homme à force, et qu'elle y mettrait le feu.

Il se plaignait à moi : « Personne ne me croit. Le singe il n'aime pas ça. Il est comme tout le monde. Il marche à la confiance. »

Je lui répondais qu'il se fichait du monde et qu'on aurait beau le découper en petits morceaux, on n'y trouverait pas l'ombre d'un poil de cul de singe.

– C'est sûr, pauv'mec !... Les singes n'ont pas de poil au cul.

– Et il se cache où ?

– Il ne se cache pas. C'est toi qui as du cresson dans les yeux.

C'était peut-être un original mon Tim, vaguement cinglé, mais on l'admirait tant et plus. À huit ans il s'était mis sérieusement à la bière et faisait des trucs insensés par haine envers l'institution, l'école, les flics, les trains, l'Association des parents d'élèves, tout ce qui de près ou de loin fleurait l'autorité. Gare au singe, faisait-il entre ses dents quand on osait lui remonter les bretelles. Il dégonflait les pneus de la directrice qui l'avait appelé *pirate*, en public, une insulte aussi grave à ses yeux que « sale nègre » ou « gros enculé ». Il volait tout ce qu'il pouvait au collège, la Marianne, les planisphères, les manettes de robinet, les coquilles d'interrupteur, les balayettes à vécés, les clés, la chaîne d'arpenteur, la maquette multicolore d'une molécule de protéine, le squelette humain qu'il était question de restituer aux catacombes, puzzle qu'il emportait dans sa chambre un os après l'autre, jusqu'au jour où il s'était fait piquer avec la tête du mort dans son sac de piscine. Le plus merveilleux, qui lui avait coûté sa scolarité dans la filière publique, après une crise d'hilarité d'une amplitude sismique dont l'école entière avait paru secouée, c'est quand il était venu en leçon de choses un attirail de plongée sur le dos, apportant un mérou de cinquante livres emprunté pour la circonstance au fils du poissonnier, lequel, ce même jour, arborait en sautoir plusieurs mètres d'entrailles de poisson-lune. Après quoi Tim était passé de la communale de la rue du Ranelagh au cours Hattmer Prignet, rue de Londres, où il avait enterré à grands frais, jusqu'au bac, ses prétentions à faire Langues O, comme à parler malgache aussi couramment que le singe polyglotte installé en lui.

Je l'avais planté pour les vacances, au motif qu'il sniffait de la colle ou mangeait des champignons bizarres. De là à rester brouillés. C'est mal me connaître. Et lui aussi. Il est assez féminin sur ce plan. Il n'aime rien tant que vider son sac et si possible sur vous, jusqu'au fléchissement fatal du jarret, jusqu'à l'effondrement sur place de l'accusé. Et si vous manifestez une faiblesse lacrymale, une larme suffit, ce n'est que mieux. Il vous a tué, il peut vous ressusciter sans léser son orgueil. Intuitif comme il est, il connaît d'ailleurs la seconde précise à laquelle, vos forces psychosomatiques vous abandonnant, vous avez besoin d'assistance. Il arrive aussi, quand il est vraiment fâché, qu'il s'en frotte les mains. Vous êtes mort, vous l'avez cherché, c'est très bien comme ça. Vous n'avez qu'à ressusciter vous-même. Il vous soupçonne de tricher, d'attendre en catimini le lève-toi et marche du grand guérisseur.

Pis que fâché, Tim était déçu. Avec le faux bond planifié des vacances à Trémazan, j'avais battu mon propre record d'abjection. Le précédent n'avait rien de moins été qu'une installation à la cloche de bois chez Aline, quatre ans plus tôt, sans prévenir ma sœur ni papa, sans même l'aviser lui, ma mauvaise conscience, mon miroir damné.

N'étions-nous pas quittes ? De son côté, maman vivait toujours qu'il s'était laissé gagner à la tentation d'un grand amour secret avec la petite miro, assez flcur blcuc dans son brouillard pour s'imaginer l'élue sans partage de cet écumeur. Exclusivité, fidélité. Hélas pour Tim, et pour elle, je connaissais bien sa technique. Elle m'avait épaté, jadis, elle me remplissait d'envie. Considérer l'amoureuse comme un mets des dieux, un gâteau. Manger le gâteau, s'en régaler, encore et toujours, ne plus en pouvoir. Se guérir du gâteau par l'écœurement sensuel. Recouvrer sa liberté, sa faim. Ça se lave et ça ne s'use pas. Fastoche, mon gars, d'autant plus qu'en amour, contrairement à la pâtisserie, l'appétit ne se coupe là que pour se creuser fringale ailleurs. Jamais d'encombrement. Un seul foie, mais deux couilles… Le désir continu n'est qu'une question de va-et-vient. Ils ont l'air malheureux, les papillons ? Jasmin, violette, lupin, camomille, tout est bon dans la nature, tout est miel, prenez et mangez… Il avait mangé Cathy et maintenant il prenait Jennyfer, il mangeait les deux, il en mangeait combien comme ça, jour et nuit, dans son labyrinthe ?

Nous montâmes l'escalier d'Alboni, cent quatorze marches en raidillon joignant le quai de Passy au boulevard Delessert. Il embraya sur mon attitude envers papa, l'homme qu'il avait toujours estimé ridicule avec son de Gaulle et son Jésus-Christ, sauveur habillé en gonzesse, sa bonne vieille France qui ne demandait qu'à rouler sa bosse à nouveau sous la férule de Pétain, son antisémitisme de bon aloi, franchouillard, de droit divin, chacun son rang dans l'arc-en-ciel. Il me dit Quel salaud tu fais, ton père, à l'âge qu'il a, après ce qu'il a souffert, sa fille, sa femme et maintenant toi. Il t'écrit deux fois par semaine et jamais une réponse, un silence de mort. Il t'attend pour dîner, comme hier soir, il n'ose même plus en parler à ta frangine, il se ronge. Tu merdes, vieux, tu merdes. Et côté pognon ce n'est pas mieux. Comment veux-tu qu'il se tire au bout du monde, avec sa fille à la maison, toute seule ? C'est une espèce de couple dément. Deux veufs. Chacun d'une personne différente. Lui sa femme. Elle son frangin.

C'était schématique et j'en avais assez entendu :

– Pourquoi Cathy ne vit pas chez toi ? Ça arrangerait tout. Vous n'êtes plus ensemble ?

– C'est ma merveille, une poupée. Je lui demande régulièrement de venir au premier. Elle dit que son père en mourrait. Elle descend la nuit, elle reste une heure ou deux…

– Une sainte !

– … elle attend qu'il ait retrouvé quelqu'un.

– Chacun sa chacune.

– Tu ne crois pas si bien dire, elle est sur un coup.

Il geignait, semblait marcher sur des œufs. Il restait deux cents mètres à faire jusqu'au 5, et je l'ai hissé sur mon dos. C'est bien parti, m'expliquait Tim à l'oreille, une femme de vingt-huit ans qui en paraît trente et un. Une chanteuse lyrique, tout ce que ton père adore. Elle donne des récitals à Notre-Dame-de-Passy. Elle a une belle robe blanche qui lui va bien au teint. Décolletée juste ce qu'il faut pour qu'on puisse jeter un œil entre les plis.

Je n'y croyais pas. Mon père, d'après moi le plus inhibé des puritains. Mon père, être non sexué d'après moi, animal divin fourvoyé dans l'imbroglio d'un corps terrestre, de chair masculine. Qui nous avait faits, Cathy et moi ? Énigme sans tache, conception pure à la façon du charpentier barbu. Mon père, esprit non fautif avait épousé une pianiste en 1939, et maintenant, si Tim disait vrai, une chanteuse ne lui déplaisait pas.

– Une chanteuse lyrique ? Elle chante l'opéra ?

– Pas du tout, c'est elle qui est lyrique, rien à voir avec l'opéra. Pourquoi veux-tu absolument qu'elle chante l'opéra, snobinard.

– Je n'y tiens pas plus que ça… Elle chante quoi ? Du bel canto ? Du grégorien ? Du vaudeville ? Du populaire ? De la variette ?

– Mieux que ça, cuistre à deux balles. Quand elle vient chez vous, ta sœur l'accompagne au piano. Elle a sa grande robe, un mouchoir dans la manche, et ton père et moi on est éblouis. En plus elle ne manque jamais d'apporter du pain chaud.

– Un peu zinzin, ta chanteuse enfarinée.

– Elle est boulangère, Ducon. Si j'ose dire, c'est la femme du boulanger. Ils ont débarqué cet été. Son mari a le gosier en pente, elle est malheureuse.

On est arrivés dans le hall du 5, on a pris l'ascenseur hydraulique aux capitons bleu nuit, on a eu pour nous tout seuls les trois cents mètres carrés d'un appartement de grand standing, avec la cuisine américaine aux équipements dernier cri, pavée de quartz des Carpathes, baignée d'un halogène à variateur d'ambiance, pour manger un reste de riz nature graissé à l'huile de noix. En absence de vin on buvait du madère.

– Mais qu'est-ce que ça peut bien chanter, une boulangère, à part le rigodon du tiroir-caisse ?

– T'es pas la moitié d'un fils à papa, toi, avec tes petits airs de rat d'égout. Ça chante le gospel et t'en a des frissons. Ton père dit negro spirituals mais lui c'est un Monsieur.

– Le gospel, une boulangère qui chante le gospel ?

– Et pas celui du tiroir-caisse, butor, le vrai gospel, la schlag, le nerf de bœuf, le coton d'Alabama, le Ku Klux Klan, du soleil, du feu, du sang partout.

– Et en plus une boulangère cultivée.

– Cultivée par sa propre histoire, cervelle de pigeon ! N'oublie pas que sa robe blanche lui va bien au teint et que son sourire embaume la canne à sucre, j'en ai l'eau à la bouche…

J'ai regardé Tim qui souriait en parlant, l'air béat :

– Il te reste l'espoir, mon ami, soupira-t-il, sauf à te faire une raison. C'est une négresse et si pour toi c'est moins violent, la Guadeloupe a mis pas mal de lait chaud dans son café… Elle surgirait là, maintenant, dans cet éclairage tamisé, tu la prendrais pour ton petit déjeuner, tu l'adopterais.

Mon père amoureux d'une autre femme que maman, à soixante ans, c'était déjà beaucoup. Amoureux d'une boulangère de vingt-six ans, noire, en blanc jusqu'à ses orteils aux ongles rouges, chanteuse, les bras m'en tombaient. Plus tard, aujourd'hui, je me rappellerais qu'il était coutumier des tournées en Afrique et qu'il rapportait à la maison, en tout bien tout honneur – mais qu'entend-on par là s'il vous plaît – de grands livres illustrés manifestant l'art de vivre au quotidien chez les pêcheurs togolais ou les paysans kenyans, et ce n'était au fil des pages qu'adolescentes radieuses portant des fruits sur la tête, les fruits les plus beaux étant bien sûr les grâces de leur corps dénudé. Mon père, le plus inhibé des puritains, m'avait indirectement révélé la beauté du corps féminin, les seins, le nombril des femmes, avec ces albums qui s'appelaient : *Dahomey, terre de contraste*, ou *Franche et secrète Afrique*, ou *Mystérieux Cameroun*. Mystérieux, je l'étais autant quand je feuilletais ces livres en cachette de celui qui me les avait donnés. Depuis, l'ivoire a toujours fait briller pour moi la peau vernissée d'ombre des Ivoiriennes au bord de la mer.

Mon père. Il aurait voulu qu'on l'appelât : mon père et non papa. Que n'importe qui pût l'arrêter sur le trottoir en l'appelant : mon père… Mon père, au sens chrétien. Été comme hiver, messager d'une époque à jamais fraternelle entre les vivants, il aurait vécu chaussé des tongs de la sainte Église, ces nu-pieds dits spartiates qu'arborent les moines du monde entier. Je n'aurais été pour lui qu'un fils fraternel parmi les autres, et ma blanche mère aurait incarné sous sa frêle ossature le charme de toutes ces filles qui, claires de peau, foncées, enfantent le monde humain que mon père emmenait vers Dieu, comme à la bataille on ploie sous le corps du copain ensanglanté qu'il faut porter à l'infirmerie. De ce curé j'étais le fils. Il ne m'avait fait que pour me délivrer du mal.

– Raciste, a dit Tim, le shilom au bec.

– Pris de court, ça te va ?

– Racistounet, admets-le, on l'est tous…

– Pas moi.

– Conscient de la différence d'autrui, si tu préfères.

– Faites chauffer la colle, sortez les barbelés, ouvrez le gaz, les femmes enceintes et les enfants d'abord, kaputt.

– Tu n'aimes pas les truites saumonées ?

– Si, et j'adore les crapauds-buffles, arrête ces conneries.

– Elle s'appelle comment ?

– Solitude. Elle s'appelle Solitude. Elle s'appelle Présumée Solitude, et si je n'aimais pas ta sœur j'en ferais mon pain quotidien.

Le vieil escroc, j'ai pensé, toujours le bon mot pour égarer les soupçons. Je voyais mon père aux yeux bleus, sa boulangère aux yeux noirs, je les imaginais à Trémazan couchés sur l'immense lit où ma mère avait allaité Cathy sous mes yeux, et la fenêtre ouverte à deux battants semblait héberger l'horizon. La vie s'était arrêtée, la vie recommençait. Entre ces deux murs il y a avait moi, ma vie prise en étau.

– Et Jennyfer, c'est quoi, une brioche ? Un pain au lait ?

– Un oreiller supplémentaire, vingt-six ans, le plus délicat des *sex-appeal*, originaire de Dubrovnik, mère yougoslave, père français ruiné au jeu. On s'est un peu transpirés dessus, il y a quelque temps, avant ta sœur rassure-toi. Elle est comédienne, autrement dit chômeuse, lève-tard, un tempérament de feu. Mais le feu, au théâtre, c'est derrière soi qu'il faut l'avoir pour monter sur scène, et madame ne couche pas sans aimer.

– Sauf avec toi.

– Elle couche dans mon lit, nuance. Une coucherie dortoir. Elle est très seule, en fait. Un peu comme toi j'ai l'impression.

Une interrogation flottait dans la phrase. Je n'ai rien dit. Je prenais conscience d'une absurdité sensorielle. Ce n'était pas mes battements de cœur que j'entendais, mais le bruit lancinant des balles de tennis, régulier comme la pulsation cardiaque. Il me suivait partout. Je ne pouvais plus m'en passer. Il effaçait tous les bruits, toutes les voix. Ma mère aurait pu se réveiller sous terre et hurler mon nom.

– Ça ne va pas ?

– Très bien.

Demain, j'arrêtais le massacre, je sortais du court, je désenfermais l'existence, si décevante fût-elle, qui rugissait sur le périphérique. Je brûlais mes trois raquettes en bois, je cassais mes raquettes en métal, j'acceptais que le temps se remît en marche et que le 5 mai 1969 fût à jamais une autre fois. Avec les raquettes en bois je brûlerais mes cahiers de poésie, ces alibis pour vampire de contes de fée.

– Ah, je ne t'ai peut-être pas dit mec. Ta moitié d'orange a laissé une douzaine de messages sur mon répondeur, tous plus mignons les uns que les autres. Il y a de l'eau dans le gaz ou quoi ?

Je t'aime, disait Aline dans son dix-neuvième et dernier message. Ne doute pas une seconde de nous, mon chéri, et reviens vite, c'est important.

Une impression de liberté retrouvée m'a gonflé la poitrine. Je me suis abîmé dans le vieux Chesterfield du salon cinq étoiles, et, fermant les yeux, j'ai composé dans ma tête le numéro rêvé d'Alba, elle m'a répondu, oui j'étais le seul homme qui pouvait la comprendre, c'est à moi qu'elle voulait tout expliquer aujourd'hui sans rien cacher, enfin.

10.

Rentrer chez soi n'est jamais une mince affaire, pour l'homme inquiet. Assez rigolé, assez refait le monde au gré des bars et des filles, assez répété qu'il n'en avait rien à foutre, de cette goule qui lui sortait par les yeux, assez baratiné, allez, à la maison. Ce n'est pas le rouleau à pâtisserie qui l'angoisse mais le regard de la femme, et pas tant les mots qu'une certaine blancheur de voix comme irradiée par la haine ou par la folie. Il a peur, il traîne les pieds, il fuit cet instant. Je me souviens d'une bagarre avec un automobiliste, uniquement déclenchée pour me présenter le faciès sanguinolent devant l'amour de ma vie. Je me souviens d'avoir simulé l'amnésie, la folie, passé dans un état si peu normal que je me disais : je ne changerai plus, c'est tout à fait moi. Je me souviens d'un malaise cardiaque à la vue d'Aline toute tremblante de rage et d'un pompier doux comme un agneau me glissant une petite cuillère de lait entre les dents. Je me souviens d'avoir demandé ses papiers à un flic – comme j'avais vu Tim le faire avec succès, prétendant que le droit républicain l'y autorisait – pour qu'Aline vienne me chercher au poste après une séance de garde à vue. Je me souviens de m'être saoulé pour y voir plus clair, y entendre plus sourd. Je me souviens d'être allé à la messe afin d'éloigner la culpabilité par la déglutition d'une hostie, et désirer d'une âme apaisée les coups que j'allais recevoir au bercail. Je me souviens d'être monté sans billet dans un express de nuit qui avait fait des centaines de kilomètres par monts et par vaux, pour s'immobiliser en pleine voie, comme ils disent, au milieu des champs, arrêté par un malheureux feu rouge. J'avais marché longtemps mes raquettes à la main, en louvoyant parmi des blocs d'ombre qui se révélèrent être des vaches. Je me souviens d'une crampe à l'instant de tourner ma clé dans la serrure du portail, à Montrouge, et plus tard, de l'aisance avec laquelle on pénètre en voleur dans un manoir vide, à Trémazan, pour flairer partout l'odeur de son enfance, dans les armoires, dans les bahuts, dans la lingerie, dans les chambres des vivants et des morts, sous les charpentes nues du grenier, ça sent l'éternel début d'une harmonie que semblait alors ne devoir entacher aucun deuil.

Rien à me reprocher, cette nuit-là. Aline m'avait chassé comme un malpropre et je daignais rentrer quand même. J'étais quelque peu fatigué car Tim, fini le madère assassin, avait dégoté du pisse-vieille, un beaujolais nouveau déjà suranné quand ma sœur l'avait apporté à Matilda le soir de mon bac, le 14 juin 1969, pour agrémenter la fondue. Trinquant à ma santé, Tim put dire que nous avions fait toute la soirée au madère, tel Christophe Colomb saoulant les grands d'Espagne et les frères Pinzon, à

Porto Santo, pour fêter sa découverte en catastrophe de l'archipel de Madère. Ensuite, se contredisant sans vergogne, il sortit du fond d'un placard, abandonné sous des lingots mauves de papier hygiénique à senteur de violette, la nourrice de bière maison qu'il brassait jadis lui-même, utilisant un kit sophistiqué reçu pour Noël, *made in England*. Le breuvage ne différait du madère, et du beaujolais madérisé, que par un miasme intempestif rappelant l'œuf pourri, mais il titrait ses dix degrés minimum, et Tim vous sifflait ça comme du petit lait. Paradoxalement revigoré après deux bocks de cette décoction verdâtre, il aborda le grand sujet du moment, les présidentielles, vilipendant avec un égal mépris la gauche et la droite, M. Mitterrand et M. Giscard, deux pitres inféodés à l'hydre bancaire mondialiste, aussi désastreux l'un que l'autre, aussi toxiques pour l'être humain plongé *manu militari* dans l'illusion que l'Histoire progresse pour son bien, et qu'elle sera bientôt le lit douillet des marmailles à venir. « Je vais peut-être dormir ici, Tim, j'ai un coup de barre. » « Pour qui tu votes ? » « Marchais, Tim, c'est le seul qui pense à l'homme. » « On s'en fout, de l'homme, c'est bon pour les cathos l'homme, nous on vise l'acte social, le contrat social. Marchais au premier tour, ensuite à fond la caisse sur ce salopard de Mitterrand. Et ne me fais pas un enfant dans le dos. » « C'est bon pour les cathos les enfants. » « C'est bon quand on les fait. Maintenant laisse tes raquettes et monte voir ta frangine. Tu dormiras là-haut. Et demain, frais et dispo, tu rentreras consoler ta nana. » « OK, je vais voir ma sœur. »

Je n'en ai rien fait. Je suis vite rentré à Montrouge en taxi. J'espérais me faufiler dans une maison silencieuse et fermer les yeux à côté d'une Aline endormie dont j'aurais pris la main sans qu'elle bronche, mais la lucarne de la chambre était éclairée. Elle m'attendait, surveillait l'heure. Je n'eus pas plus tôt franchi le portail que la maison tout entière parut s'animer dans le noir, et je vis surgir un elfe galopant à ma rencontre, le sourire à la bouche. Je fus presque renversé quand il se jeta à mon cou.

– Mon amour, feulait Aline, mon amour, disait-elle, tremblante et plaquée sur moi comme une pieuvre.

– On ne fait pas des choses pareilles.
– J'irai demain.
– Faire attendre un gosse.
– J'avais eu des émotions.
– Qu'est-ce qu'il y peut, ce pauvre mignon ?
– Tu n'avais qu'à pas me virer, je me foutais de tout.

Je dînais ou plutôt je soupais. *Medianoche*. Elle s'était dit que j'aurais peut-être faim en arrivant. Tarama, blinis, tronçons d'anguille, œufs de saumon, caviar d'aubergines, toasts de bélouga, vodka au poivre et cornichons molossols, tout ce dont je raffolais m'entourait. Il y avait même des bougies et un bâton d'encens. Je m'attendais à un déballage pathétique de mauvaise humeur au sujet d'Alba et il n'était question que de Benjamin, le mioche des voisins que je m'étais engagé à récupérer, chaque jour, à la sortie de l'école, rue Blomet.

C'est deux jours plus tard que le nom d'Alba revint sur le tapis.

Entre-temps la vie avait repris son cours normal qui m'allait si bien. Lever matinal, gymnastique en plein air, petit déjeuner franco-britannique associant cochonnailles, sirop d'érable et fruits au café crème, et dès huit heures le travail scindait la journée, Aline quittait la maison pour ses affaires étrangères, et moi j'allais coucher sur le papier des gros mots poétiques tels que Guerre ou Néant, ou je me recouchais en diagonale, le sexe à la main. Moi débarrassé de la personne à qui j'aurais sacrifié la prunelle de mes yeux.

Toc-toc-toc fit l'index replié d'Aline sur mon épaule. J'étais au lit, je m'endormais, je passais agréablement du rêve éveillé au rêve inconscient.

Pour l'instant je n'avais pas trompé mon amour, jamais. Je pouvais essuyer avec succès la tempête de questions qui s'annonçait. Pour moi tromper c'était physique, ça prenait du temps, ça donnait un tour de clé, ça pénétrait, se laisser pénétrer, ça concoctait des alibis. J'avais lu assez de bouquins, assez pratiqué Tim pour savoir ce que signifiait tromper une femme.

J'ai continué à feindre le sommeil. Le toc-toc me rappelait un livre d'enfant illustré par Benjamin Rabier. Dans ces histoires-là, quand on frappe à la porte, il faut craindre le pire.

Un jour j'aurais trente ans. J'entendrais les mêmes questions. De la part de la même femme qui aurait passé les quarante-cinq ans. Le bruit des balles blanches sur le fronton continuerait d'étouffer le souffle rageur du périphérique sud et l'air trouble aurait des roseurs de vinyle au-dessus du fossé qui cerne la ville. Ainsi tourneraient les heures autour de moi, sans passer d'un instant, sans jamais empiéter sur ma vie. J'aurais toujours l'avenir devant moi. À trente ans puis à quarante. Ensuite, eh bien la perspective était floue, trop loin dans le sud ou dans l'ouest. Et si l'avenir parvenait à m'attraper, que ferait-il de moi ? D'Aline ? J'éprouvais pour elle un amour plus grand que l'amour, me semblait-il, néanmoins désintéressé sur le plan des sens. Parfois j'imaginais qu'elle était mourante, qu'elle mourait. Je n'aurais jamais le courage de survivre à sa mort. Chaque matin, la voyant s'éloigner à bicyclette, je lui criais : fais bien attention. Je n'imaginais pas que le danger fût derrière elle, et que dans un couple où l'on fait l'amour par devoir, par lâcheté, le danger c'est presque toujours l'autre, la fleur bleue qui crève de soif.

Aline freinait et me lançait dans l'air vif, pardessus son épaule : « Toi aussi, mon chéri, fais bien attention !... » Le bonheur, vous dis-je. Dans la journée j'oubliais mon bonheur, je n'y pensais pas plus qu'à mon père ou à Cathy. Dans la journée j'étais un étranger.

La main d'Aline se referma sur mon épaule. Premier temps. Dans un deuxième elle chercherait à me tourner vers elle. Au troisième elle voudrait allumer la lumière. Pour te voir, dirait-elle, parce que tu es beau. Parce que tu n'es jamais si beau que dans ces moments-là, quand ton nez bouge, quand tu bats des cils, quand ton sexe n'est plus qu'un oisillon mort-né. Quand tu n'as plus un mot de vrai sur le cœur.

– J'en ai marre que tu te balades avec un couteau.

– Tu n'as qu'à pas fouiller.

– C'est moi qui m'occupe du linge. Un couteau dans une poche de survêtement, ça s'entend. J'ai cru que le tambour de la machine explosait.

– Je l'aime bien, ce couteau, il a une valeur sentimentale, c'est Tim qui me l'a donné. Une vraie lame d'assassin.

– Joli programme. Heureusement que tu ne vois plus cet idiot.

– Comment va mon cran d'arrêt ?

– Il n'assassinera personne, je l'ai jeté.

– Et si quelqu'un le ramasse ?

– Un plongeur, alors, dans la Seine.

La main d'Aline a quitté mon épaule, j'ai refermé les yeux. Un souffle régulier m'a chauffé la nuque. La main d'Aline est revenue se poser sur moi, caressante.

– Édith a téléphoné le jour où tu es parti.

– Où tu m'as chassé. Je connais une Édith ?

– À question question et demie. C'est toujours ça de gagné.

– Vous aviez rendez-vous.

– Ah oui, au tennis. Mon gagne-pain. J'espère que tu as pris son numéro.

Mon cœur battait. C'est bête, un cœur, c'est affolé pour un rien. C'est tout de suite coupable.

– Vous aviez rendez-vous à Clichy.

– Un atelier d'écriture avec les vieux de la mairie, je vois. Elle est assistante sociale. Elle joue au stade Élisabeth…

… elle se change dans les vestiaires masculins. Elle a un soutif Playtex, comme sur les affiches du métro. Elle est amoureuse d'un travesti. Elle te marque son nom dans la main. Elle te file un rancart et tu ne t'en souviens pas. Elle appelle chez toi et tu perds la face.

– Edwige aussi a téléphoné, a repris Aline, et j'ai cru sentir une crispation dans sa main. Je ne savais pas qu'elle avait le numéro d'ici.

– Par Cathy. On ne s'est pas vus depuis six ans. On va l'inviter à dîner.

Aline m'a secoué.

– On va même l'inviter avec Édith, c'est ça que tu veux ? Et pourquoi pas avec Alba, tu serais content ? Réveille-toi, Marc, parle-moi. Qu'est-ce qui se passe, avec Alba ? Depuis quand vous êtes amants ?

La nuit n'était plus que l'ombre d'elle-même quand je pus refermer les yeux, mon cher papa, te serrer dans mes bras, te reprocher tendrement de perturber…

11.

… Mon sommeil, ma mémoire, mes illusions, j'ai bien conscience que je devrais me lever en gardant les yeux fermés, somnambule, arriver à ma table et n'ouvrir les yeux qu'au dernier moment quand mon stylo n'aurait plus qu'à laisser courir sur le papier les mots qui me viennent si naturellement à l'esprit quand je pense à toi dans la nuit, mon cher papa, je t'avoue ma tendresse et mes regrets, il est bien tard pour s'entendre aujourd'hui comme deux amis, on peut juste essayer de se serrer la main, ton geste fétiche, en même temps cette lettre à mon père entre veille et sommeil est agréable à vivre et me donne l'impression de franchir le miroir, de retrouver les choses à neuf, je m'endors, je pense qu'Aline dort, je pense que les souvenirs d'Alba sont les plus érotiques de ma mémoire, examinés comme un album d'instants illustrés, à neuf jusqu'à ce premier jour de vie consciente, pas malheureux du tout, je suis petit, tu es déjà sévère et quand je fais la sieste obligatoire tu reviens sans cesse dans la chambre t'assurer que j'ai bien les mains sous les draps, moi j'ai trop chaud, tu les remets dessous, l'air de dire

que je n'aurai pas le dernier mot avec toi, le dimanche nous allons chez la fleuriste d'en bas faire lier une botte d'œillets pour grand-mère chez qui nous allons manger un gigot, grand-père vient nous chercher en voiture, Alba monte à l'arrière aussi nue que le jour où nous nous sommes baignés à l'océan, tu lui mets les œillets dans les bras, tu pars à pied, tu nous laisses entre nous, j'ai trois ans, c'est grand-père en chapeau noir qui nous sert de chauffeur et Paris se met à flotter autour de nous et je dis toi aussi, Alba, tu m'as manqué moi par la peine je découvre ces mots en les disant, une femme t'a-t-elle déjà manqué mon cher papa, tout le monde est parti de ton côté, quelques amis survivants, ta fille et ton fils, tu es l'ami de tous ces disparus que les millénaires n'oublient pas, toi aussi tu m'as manqué, j'aimerais savoir pourquoi Alba est assise à l'arrière de la Rover de grand-père à moins que ce soit un rêve, à moins que ce soit une autre histoire, mon cher papa, à l'instant même je suis dans un train en route pour l'Allemagne et les ferry-boat qui font la navette à travers la Baltique, et brusquement tu n'es plus là, tu m'as l'air absolument perdu comme si tu étais mort et rappelé à Dieu, je te cherche partout dans les couloirs comme abandonnés, déserts, cet express international à macaron d'or est arrêté dans une gare immense au cœur de la nuit, et je suis horrifié à la pensée qu'il pourrait repartir sans toi, que je n'aurais pas tout fait pour te retrouver, si seulement tu m'écoutais, m'écrivais la nuit dans tes rêves et que nos rêves se rencontraient sans que nous ayons le sentiment d'être au courant, les portes des wagons béaient sur la nuit et je me disais il a pu sortir par là, c'est un quai sans âme qui vive avec les profondeurs d'une gare inhabitée comme un bagne, une gare de solitude et d'oubli, et je me dis comment aller à sa recherche, abandonner femme et enfants, ma mère et les autres, t'abandonner pieds nus dans cette ville étrangère plus noire que du taffetas, un enfant dont j'aimerais qu'il soit un jour mon fils me montre sur la plate-forme une paire de chaussures, apparemment les tiennes, ce sont les chaussures de maman, non pas des escarpins, mais de beaux souliers solides et blancs pour les soirs de concert, mon cher papa qu'avec les mots d'un rêve on ne fait rien d'autre que de revivre indéfiniment toute sa vie, c'est bien ça qui m'inquiète, un jour je t'ai perdu dans une ville étrangère et depuis tu me manques, je t'attends, tu n'es peut-être pas la bonne personne à qui s'adresser pour de telles questions, la pudeur qui doit régner entre les enfants et leurs parents c'est bien, mais comment se fait-il qu'elle n'ait pas rappelé, c'est à peine croyable, elle dit tu m'as manqué dans un souffle et ne me rappelle pas, et je finis par attendre son appel, par regarder ce minable boîtier gris, réceptacle de toutes mes ambiguïtés, et en douce par me ronger les sangs, je la revois vivante et nue ce qui ne m'arrivait plus, ses mains nues sur mon ventre, l'eau sur sa peau, son nombril tout luisant d'une lumière salée, ses seins lisses et balancés tout luisants aussi, sa chevelure au vent, sa bouche, ses dents rieuses, ce désir à présent si naturel et généreux dans sa prunelle, et l'océan dans son dos ne fait qu'un avec le désir de nos corps, je n'ai jamais ressenti comme à cet instant l'impression d'être un homme unique au monde amoureux d'une femme unique au monde, mon cher papa comment se fait-il qu'elle aussi commence à me manquer, à me taper sur les nerfs, mon cher papa nous sommes dans un train depuis toujours et j'ai peur, comme si je courais depuis ma naissance après quelque chose de beau qui est peut-être moi, mais ce moi on ne l'est jamais tout seul, je suis condamné à ne jamais rattraper.

12.

Deux mois sont partis en fumée, ce qu'ils font d'ailleurs physiquement à l'automne quand on se penche à la fenêtre et qu'on regarde les cheminées sur les toits. Normalement constitué j'aurais oublié l'appel d'Alba, mais il ne cessait de farfouiller dans l'une de mes âmes, et de remettre au goût du jour des sentiments dont j'aurais dû m'abstenir. Chaque matin je me risquais à formuler en vers le désir de me baigner avec Alba dans l'océan, chaque matin j'avais la prudence hypocrite de porter à la poubelle, dans la rue, les traces de cette fantasmagorie quotidienne. Elle ne rappelait pas ? J'écrivais, je l'influençais par la télépathie. J'imaginais ma pensée infiltrant la sienne et l'exhortant à revenir à moi qui lui manquais. Tu me manques aussi. Jamais je ne pourrais dire ces mots. Je serais bien embarrassé si elle rappelait. Bien obligé d'en informer Aline. Est-ce que je l'informais quand j'écrivais des poésies où le nom d'Alba faisait l'effet d'un fruit que l'on presse sur ses lèvres ? Et le pressant sur mes lèvres j'aspirais goulûment un venin dont le goût, ma foi, ne m'était pas étranger : la trahison. Le traître est un double joueur. Le traître regarde Aline aller et venir, il lui tarde de la voir consulter l'heure en disant : déjà ? pour le gratifier d'un dernier baiser au vol en débarrassant les lieux. Le traître est impatient d'être seul pour mieux échafauder ses manigances et que la voie soit libre quand Alba ne pourra pas s'empêcher de dire à nouveau : tu m'as manqué… À cette idée il n'en peut plus d'excitation. L'après-midi il retourne rôder rue Marie-Rose, ancien quartier d'Alba, il a dormi chez elle, il s'en souvient. On lui dit qu'on ne l'a jamais revue. On se demande ce qu'elle a bien pu faire pour qu'il la décrive avec cette minutie. On pense qu'il est un policier, un amant. Il est évidemment les deux. Il n'oserait jamais l'avouer à son père au cours de la nuit, mais il ressent que sa vie, depuis quelque temps, a un sens. Un mauvais sens ? Tu parles, elle est axée par la trahison.

Onze avril 1974

Cathy Elern à son frère disparu

Marc,

Ça n'est pas bien ce que tu fais. Tu n'es jamais là quand on a besoin de toi. En plus tu es méchant. Tu es venu deux fois boulevard Delessert en deux jours, et même pas un petit bonjour à la maison. Qu'est-ce qu'on t'a fait, Marc ? Tu es muré. Moi aussi je suis murée par ta faute. On est tous murés. On est enfermés, si tu veux le savoir. On ne peut plus respirer. C'est toi qui as les clés. Ouvre, s'il te plaît, cesse de faire l'idiot. Plus envie de rien. Pour une fois que j'ai trouvé un boulot intéressant. Je tiens la chronique Bonheur du jour à J'éclaire, *la revue pour handicapés du groupe Bayard. Mais le bonheur, tu sais. Je suis de mauvaise humeur et l'autre jour je l'ai écrit. Je n'ai pas pu m'en empêcher. Ci-joint mon article, tu n'es pas obligé de le lire, et désolée si tu en prends pour ton grade. À part ça le journal m'a envoyée pour couvrir (c'est le jargon du métier) la Journée nationale des handicapés au palais de Chaillot. Je suis montée sur scène et j'ai interviewé un créateur de bandes dessinées rigolotes face à trois mille six cent treize personnes dont papa. À part ça il est hémiplégique (le dessinateur idiot). On aurait pu bien s'amuser si je n'avais pas tout le temps pensé à toi, à ta méchanceté. Je riais, je pleurais, j'expliquais au public c'est rire qui me fait pleurer, c'est comme ça depuis toute petite, mais autant de larmes ils se posaient des questions et je les entendais chuchoter à mes pieds. J'ai failli leur dire Si vous avez un frère moitié aussi méchant que mon frère vous me comprenez. Ça m'embêtait à cause de papa qui a toujours peur du scandale et qui met sa Légion d'honneur en avant pour qu'on lui fiche la paix. Qu'est-ce qu'on t'a fait, Marc ? C'est quoi ton grief ? Si c'est toujours maman ça veut dire que tu es un bébé, que tu seras malheureux toute ta vie. Car laisse-moi t'annoncer une grande nouvelle : maman ne reviendra jamais. Il y a une raison à cela. Elle est enterrée au cimetière de Montrouge à deux pas de chez toi, là où on met les morts. Tu me crois ou non. Inutile de jouer au plus malin qui se dit Maman se lassera avant moi. Qui se dit Foi d'animal elle reviendra. Qui se dit Je gagnerai ma vie quand elle voudra bien accepter en cadeau mon premier chèque de boulot. Qui se dit Entre-temps je jouerai au tennis par provocation, pour me vider l'esprit. Qui se dit Mon père et ma sœur ne respectent rien, ils oublient maman. C'est toi qui n'es pas venu à la messe pour sa mémoire en mai dernier. Tu m'écoutes ? Tu t'en fiches. Il n'y a que ton petit nombril qui t'intéresse. Je voulais te montrer ma première feuille de paie et mon premier chèque. Six cent cinquante-sept francs nets. Ce n'est pas lourd mais as-tu jamais gagné autant ? Avec l'argent j'ai acheté des chaussures à papa car tu n'as toujours pas rapporté celles que tu avais aux pieds la dernière fois qu'on t'a vu et que tu as prises dans son placard. Papa ? Comment veux-tu qu'il joigne les deux bouts. Ça fait un an qu'il n'a pas donné une seule conférence à l'étranger. À mon avis, ça ne va pas fort avec l'Alliance française. Je sais très bien qu'il ne fait plus ses grands voyages à cause de moi. Il se dit que toute seule, à la maison… Je m'inquiète pour sa santé, il s'inquiète pour la mienne. Et aussi pour l'argent. À part ça, nous aurons peut-être quelque chose de plus gai à te raconter la prochaine fois, si tu reviens dans la famille, ce qui visiblement est au-dessus de tes forces par les temps qui courent. À part ça je fais mon lit tous les matins, ça m'occupe, ça repousse la marée. Prends soin de toi. Ouvre les yeux. Pareil pour le boulot, il faut t'y coller. Elle est bizarre, Aline, d'accepter ça. Pourquoi tu ne l'appelles pas directement Maman, au lieu de l'affubler de petits sobriquets mielleux pour nourrisson ? Vous seriez les plus heureux. Je te fais un gros poutou à toi ainsi qu'à ta maman.*

Cathy

P. S. : À part ça, pour les présidentielles, j'hésite. J'aime bien Krivine parce que les juifs m'ont toujours attendrie et qu'il a fait son service militaire à Verdun où grand-père a trouvé la mort. On ne peut pas être juif sans être handicapé par les souvenirs, même si les autres n'en savent rien. J'aime aussi très bien René Dumont, parce que l'autre jour il a montré une pomme et un verre d'eau à la télé. Il a dit qu'on aurait l'air fin le jour où il y aurait sur la terre plus de télés et d'automobiles que de pommes et de gouttes d'eau dans les nuages. Et ce n'est pas bête de placer l'être humain au cœur de tout, comme Jésus l'a fait. C'est vrai que les bonnes relations entre les hommes et la nature supposent de bonnes relations entre les hommes entre eux, et donc de bonnes relations entre les hommes et les femmes, et donc de bonnes relations entre tous les humains. Un humain handicapé n'est pas moins humain qu'un humain bien portant, que je sache, il faut s'entendre avec lui. As-tu lu le poème de Baudelaire sur les handicapés ? Les autres poètes n'ont jamais rien fait pour eux. C'est l'histoire humaine, la grande handicapée psychomotrice, la grande aveugle, la grande muette, pas nous. Ce René Dumont, j'en suis sûre, dégagera des crédits pour les gens du handicap. Je pourrai donner de l'argent de poche à mon frère bien portant.

Suivait l'article dans *J'éclaire* :

MON BONHEUR DU JOUR, UNE CHRONIQUE DE CATHY ELERN (NON-VOYANTE)

Mon frère est un danger

Je vous plains si vous avez un frère comme le mien. Un jour il m'a dit Nous vivons sur une île déserte et je l'ai cru. C'était d'ailleurs vrai, à l'époque, si l'on considère qu'il suffit de tracer un cercle autour de ses pieds pour que tout ce qui est dehors devienne la mer, la nuit, le métro, au choix. Je veux bien croire qu'il avait tracé un cercle autour de nos baskets à tous les deux. Je mettais un pied devant l'autre, et chaque fois il m'attrapait la main. Hé qu'il me disait, hé la petite miro. Traduisez : apprends donc à nager, ma vieille, ou gare à tes miches. Grosso modo il était le poisson auquel je devais toujours m'accrocher. On était sur une île et dehors c'était la mer, la nuit, le métro. Bon, d'accord, il faut vivre avec son temps, comme les Américains. Il faut rester objectif, positif. C'est pratique, un poisson chauffeur pour se déplacer d'un point à un autre. On voit du pays, on est toujours sur les routes, et moi ça m'étonnerait qu'il y ait beaucoup de films que j'ai ratés sur les Champs, à l'époque. J'ai vu *Robinson Crusoé* (c'est un drame de mer), j'ai vu *Takérou* (c'est un drame de poulain égaré dans une forêt qui brûle), je n'ai jamais autant pleuré de ma vie. Ce tout petit cheval en panique et cet immense feu de bois. J'ai vu *Quo Vadis* avec maman (ça sentait le velours, c'est un drame au temps des Romains avec Jésus sur la croix) le soir on est retournées voir *Ben Hur* (encore un drame avec Jésus). J'ai vu *Emmanuelle* (c'est un drame érotique avec une fille qui fait plus envie que pitié). J'ai vu *James Bond*, j'ai vu *Pouic-Pouic*, *Les Tontons flingueurs*, *Le Jour le plus long*, etc. j'aurais continué à voir des films sur les Champs si mon frère avait gardé la tête sur les épaules. J'aurais peut-être fait carrière au cinéma, qui sait, au lieu d'écrire mon bonheur du jour dans ce magazine international qui est lu jusqu'en Suisse romande et en Belgique wallonne par vous autres, les gens du handicap. Un jour mon frère a quitté la maison. Un jour mon frère a disparu, mais disparu comme on disparaît quand c'est sans fin. Un jour mon frère a oublié qu'il avait tracé un cercle infranchissable autour de mes baskets, et qu'au-dehors il y avait la mer, la nuit, le métro, et surtout personne avec qui parler du futur. Eh bien parlons-en, du futur. Mon prochain bonheur du jour évoquera le plaisir d'argent frais, car grâce à vous j'ai reçu mon premier chèque du groupe Bayard, en paiement de mon premier mois de chronique à *J'éclaire*. Je vous donnerai le montant, je vous dirai tout. C'est un chèque jaune barré du Crédit commercial de France, j'adore ce nom. C'est presque un chèque en braille, tellement la pointe Bic a creusé le papier. D'ici là, si vous voyez mon frère, dites-lui de venir effacer l'île déserte autour de mes pieds, ça lui rendrait service autant qu'à moi.

L'article s'arrêtait là.

C'est Aline qui m'a remis la lettre un matin, l'a lancée de loin comme un planeur de papier, trop lourd cependant pour ne pas m'écorcher la lèvre en atterrissant dans les oreillers.

Oui j'étais au lit, je ruminais d'agréables pensées, d'autres l'étaient moins, toutes étaient sexuelles et ma rêverie mêlait sur le mode hologrammique des Alba nues dont la peau se pigmentait subitement d'un bel ocre doré sous l'impulsion d'une rêverie guadeloupéenne qui m'excitait, m'attristait, comme s'il me fallait m'habituer au fait que ma mère pût être noire, désormais, comme s'il y avait une négresse dans la famille, maman, et que nous étions tous reteintés à l'africaine avec ce penchant que manifestait mon vieux veuf de géniteur pour cette présumée boulangère du coin de la rue, cette enfant des palétuviers ployés comme des phallus aux confins d'un Sud ultra-marin. Et je tiens à redire à Tim, et à vous-mêmes, il n'y avait pas une seule goutte de racisme diluée dans ma divagation, aucune malice mais un douloureux sentiment d'abandon. J'avais du chagrin. Papa ne voyageait plus mais c'était pire, il s'absentait par l'esprit. Sa mémoire s'en allait au loin chercher l'amour, se changer en amour. Où étions-nous Cathy et moi. Des idées flash traversaient tout ça. J'aurais du pain chaud tous les matins. Des croissants au beurre gratuits. Une paillote en feuilles de bananier sur la plage. Mon père en pagne d'or jouant du tam-tam au crépuscule.

Aline avait lu la lettre avant moi. Elle avait reconnu l'écriture d'Edwige sur l'enveloppe et s'était affolée. Une émotion d'amoureuse, excuse-moi. Elle n'avait pas réfléchi que ma sœur gagnait du temps en dictant son courrier. Elle était d'ailleurs scandalisée. Quelle petite salope, cette Cathy. on est aveugle, on se croit tout permis. On est aveugle, on se met à crever les yeux du frère qui vous a élevée, supportée, rassurée, câlinée jour après jour et fait grandir dignement, sans qui vous seriez non seulement dans le noir mais chez les dingos. T'appeler bébé, toi si viril. Et moi, m'appeler maman, comme si tu avais besoin d'être materné, un rôle que je déteste, je l'ai joué avec mon premier mari.

– En plus elle ment. Elle ose dire que tu es allé deux fois en deux jours boulevard Delessert, n'importe quoi.

– N'importe quoi.

Je feignais l'indifférence. J'essayais de banaliser l'échange. Elle allait bientôt partir. Elle avait sorti ses fringues, bouclé son cartable. Qu'est-ce qu'elle attendait pour s'habiller ? Il était tard mais elle avait l'air de s'en ficher. Elle portait un peignoir duveteux vert pastel, noué très lâche, avec vue sur les tétons. Un corps d'adolescente, un regard de mégère pour qui l'humain n'est jamais trop moche, trop abject. Un regard abject. Celui des matins où son cœur saignait.

– C'est pour semer la zizanie entre nous. Je le sais puisque j'ai téléphoné chez Tim l'autre soir et tu n'étais pas là. Tu y étais ?

J'avais dit non la première fois, j'ai redit non. C'est la technique avec Aline. Parler le moins possible et en même temps ne pas l'intriguer par une concision trop affichée.

– Tu es sûr que tu n'as pas fait un saut ? Je ne t'en voudrai pas si tu as fait un saut.

– Trop peur de croiser mon père.

Ça aussi, la technique. Des réponses bougonnées à la limite du bon français. La confirmation des choses dites et répétées. Pour Aline j'avais passé la journée au tennis. Puis j'avais traîné mon âme en peine à travers la ville avec mes copains sportifs, jamais en retard d'un dernier verre. En sortant du taxi, j'étais allé jusqu'à mouiller mes affaires de tennis dans l'eau du caniveau, pour imiter une bonne suée.

Elle me regardait pensivement. Si je fermais les yeux elle dirait : tu fuis. Si je ne les fermais pas son regard entrerait en moi, se mêlerait à mon regard et serait comme un piranha dans une eau translucide où la blonde Alba se déguisait en négresse, et vice-versa.

– Tu as l'air malheureux. Je n'ai pas envie de te quitter, ce matin.

– Moi non plus.

– Vrai ?

– Allez, reviens sous la couette.

Elle avait rendez-vous avec son boss au Quai d'Orsay pour une mission tout ce qu'il y avait de faussement touristique à Jérusalem. Un enjeu capital, elle allait partir.

– Tu me pardonnes ?

– Qui sait comment j'aurais réagi à ta place.

– Tu m'aurais tuée.

– Au bas mot.

– Si ton fils m'avait couru après, tu m'aurais tuée.

– Ne recommençons pas chérie.

Nous émergions d'une nuit harassante. Nous avions échangé des coups pour la première fois. Edwige, Édith, Alba. Un tir groupé téléphonique. Une chance de loto qui m'avait coûté cher. Les trois appels me faisaient plaisir mais je n'en montrais rien. Pour les trois je m'en étais sorti par des mensonges qu'Aline avait bien voulu gober car telles sont les femmes, incapables dans leur infinie bonté de retourner contre vous la douleur que vous leur causez. Infirmières jusqu'au bout des ongles, la fille comme la maman. Et c'est ainsi que les plus beaux spécimens de psychopathie voient débarquer au parloir, entre deux perpétuités, des agnelettes qui n'ont rien de moins que leur grand amour à proposer, cet orgasme lustral dont l'Apocalypse annonce qu'il sauvera l'homme jusqu'au dernier. L'Homme. Une moustache au paradis. Eh bien voilà m'étais-je récrié, si l'on me téléphone à la maison c'est tout à fait clair, dénué d'équivoque. Edwige est une ex-petite amie, d'ailleurs psycho-frigide, un baiser sur la bouche en trois ans, et l'Édith une fofolle maquée avec un travelo allemand qui se croit japonais. Ne me demande pas pourquoi, je n'en sais rien. Ils ont une gargote de sushis à Pantin, au sous-sol d'un garage, et le trave lit du Lévi-Strauss à voix haute pendant les repas... Ça l'avait fait marrer. Toujours faire marrer. Mais s'agissant d'Alba je n'avais pas eu la main. C'est Aline qui régentait la conversation, questionnait et répondait en même temps, pour finalement m'accuser d'être un esprit retors, un suppôt de Machiavel, comme sa fille, on faisait la paire, quelle organisation, fallait-il que nous soyons deux malades mentaux pour avoir échafaudé cette liaison avec elle, sans jalousie, sans dégoût, avec un réalisme sordide, pour lui arracher quels secrets sur l'oreiller. Fallait-il que nous la méprisions. Mais ce qu'elle voulait savoir à présent, oh juste une broutille... et c'était une rafale de questions sur L'ORGANISATION du tandem, la logistique, le financement, l'objectif, si c'était elle ou moi le cerveau de la bande, l'instigateur éhonté. N'oubliez pas qu'Aline travaillait aux Affaires étrangères et que son boulot consistait à chaperonner des espions dans des patelins tels que Damas ou New York.

À deux heures du matin nous reprenions des forces en mangeant des ravioles cloquées à l'huile bouillante et, sitôt recouchés, lumière allumée partout, les Liebes-Lieder de Brahms berçant l'interrogatoire, Aline remontait hardiment au créneau. Était-ce un coup monté… ? Est-ce qu'Alba m'avait placé à Montrouge pour séduire sa mère et obtenir ce qu'elle estimait être le fin mot de ses origines ? Est-ce que j'étais l'homme de paille de cette petite saleté ? Est-ce que je la voyais toujours ? Est-ce que c'était entre ses cuisses que je passais mes journées, pendant qu'elle travaillait ? Est-ce qu'Alba travaillait ? Est-ce qu'elle était heureuse au moins ? Comment être heureux quand l'homme qu'on aime couche avec votre mère ? Quand c'est vous l'artisan d'une pareille coucherie ? Est-ce que malgré moi je n'avais pas flanché ? Est-ce que, trahissant la fille, je n'étais pas tombé amoureux d'elle, la mère ? Rien qu'un tout petit peu ? S'il te plaît ? Se pouvait-il que tous ces mots si vrais, si merveilleux soient vides de sens ? Est-ce que ce n'était pas la seule explication à l'appel téléphonique d'Alba ? L'intuition de n'être plus aimée comme avant, le désir de mettre les pieds dans le plat, de tout casser maintenant qu'elle avait perdu la partie ? Est-ce qu'elle ne risquait pas de vouloir se venger ? On ne sait jamais avec ce genre de piquée. Je ne veux pas qu'elle te fasse du mal.

C'est à toi qu'elle s'en prendrait. Moi je ne compte pas. Moi je suis une loque humaine à ses yeux. Mais toi tu es un dieu vivant. Elle t'a manipulé, mon chéri. Elle nous a toujours manipulés, son beau-père et moi. Même sa grand-mère a peur d'elle. Tu as peur ? Je te protégerai, est-ce que tu l'aimes ?

J'avais dû jurer jusqu'à plus soif qu'elle se trompait sur toute la ligne et qu'Alba et moi n'avions jamais été intimes, jamais amants, *car elle avait dans les yeux une petite flamme qui m'inquiétait.* Quant à mon envie de la revoir, c'est une pensée qu'Aline aurait dû s'interdire. Tout comme le soupçon qu'Alba m'avait appelé pour me donner le numéro où la joindre. Absolument pas. La communication était mauvaise. J'avais compris vaguement qu'elle vivait à la Guadeloupe avec un boulanger et qu'elle ne comprenait rien aux fuseaux horaires, et qu'elle était heureuse pour nous deux, chérie…

Alors Aline avait roulé sur le drap pour former avec moi un méli-mélo corps à corps impliquant jusqu'à nos doigts de pied, logeant son joli nez sous mon aisselle gauche tandis que, revenant par-dessus son épaule, ma main coiffait légèrement un sein qui s'échappait du débardeur et qu'une érection mécanique relevait par intervalles mon sexe indifférent contre un nombril mouvant comme une onde.

– Si tu mens. Si tu la revois. Si tu cherches à la revoir ne serait-ce qu'une seule fois. Si tu triches avec moi je te jette à la porte illico et tu pourras crever. Et tu crèveras.

Plus un mot. Le grigri du saphir courant sur un disque fini. Une respiration de bébé qui salive et fait des bulles en s'endormant.

– Qu'ils se débrouillent sans moi, dit Aline en dénouant la ceinture de son peignoir, de toute manière il est trop tard. J'ai mieux à t'offrir que du travail, mon tout petit, tu l'as bien mérité. À moins que tu me trouves trop vieille pour toi ?

Le pire c'est que j'avais envie d'elle, ou besoin d'elle pour chasser l'obsession.

13.

Parfois ce qu'on peut faire de mieux c'est tout effacer, c'est oublier jusqu'à l'idée même de mémoire, imiter les Américains dans leur manière étrange de sourire au temps qui va passer, qui les verra sourire, être vivants, au cœur de l'action. Car on prétend que le souvenir est inactif et l'on se plaint assez de l'inertie des morts, nonobstant les tables tournantes et les énergies parallèles, en principe ennemies des rencontres.

J'ai donc suivi maman dans la salle des pas perdus, puis sur le quai, puis dans un train dont j'ignorais tout, les horaires, la destination, les arrêts qu'il desservait, le mode de propulsion. Je l'ai suivie dans un modeste compartiment habillé de moleskine vert olive, semblable à ceux des express à vapeur qui nous déposaient tous les quatre à l'Ouest, avec nos valises de peau de porc, sous un doux crachin d'été.

– Où vas-tu comme ça ?

– Là-bas. Je suis là-bas désormais.

– Où ça ?

– En Angleterre, la perfide Albion. Le bateau m'attend.

Elle eut une petite moue de collégienne amusée, qui signifiait : je t'ai bien eu. Puis elle m'embrassa, m'observa de la tête aux pieds pour voir où j'en étais de mon combat contre la vie.

– Pourquoi la perfide Albion ?

– La pointe du Raz, j'y vais.

– Maman, la pointe du Raz n'est pas en Angleterre et tu es bien placée pour le savoir.

Elle m'a regardé de ce regard filtrant qui rend les discours superflus.

– Je ne suis pas la seule, nous sommes tous à la pointe du Raz.

– Pas en Angleterre en tout cas. La pointe est chez nous.

– Réfléchis bien.

– C'est tout réfléchi. Qu'est-ce que tu fais là-bas ?

– J'ai pris mon après-midi pour venir acheter des loukoums chez Hédiard.

Mon cœur battait. Elle a consulté sa montre Kelton. C'est moi qui la lui ai achetée pour deux mille francs tout rond, avec mon premier argent, le lendemain de ma communion solennelle.

– Je n'ai pas de billet, maman.

– Je partagerai le mien avec toi, comme avant.

Elle a cherché un billet de banque et m'en a tendu la moitié.

– C'est pour le Pardon.

– Tu me pardonnes ?

– Cesse de m'appeler maman.

Une autre fois je l'ai croisée à la salle des fêtes de l'école paroissiale Notre-Dame-de-Passy. Elle avait sa jolie robe aux épaulettes de soie crème, sa préférée les soirs de récital à Gaveau. Elle jouait au flipper, un cinq-boules de la marque Gaucho, et sur la vitre était posé son vieil exemplaire tout effiloché de *La Recherche du temps perdu*.

Une autre fois j'ai rencontré maman au Soldat Laboureur, le grand magasin de l'avenue d'Orléans où les chemises de jour et les slips masculins sont moins chers qu'ailleurs. À l'automne, elle traversait tout Paris avec le métro aérien pour me fournir en sous-vêtements bon marché. Passy-Denfert.

Je l'ai rejointe à la caisse, un ustensile monumental, hérissé de touches d'harmonium.

Elle m'a dit :

– Pourquoi veux-tu que je te reconnaisse puisque tu n'es plus toi ?

Moi-même je n'étais pas sûr de l'avoir reconnue, la voix, le dos voûté, les croquenots en pâte molle. L'un de nous deux avait dû mourir entre-temps. Ou peut-être n'étais-je plus homme à avoir une mère telle que maman ? J'ai compris pourquoi son absence était si légère en moi, d'ailleurs trop. Le deuil me manquait. J'ai fait en sorte de ne plus changer. J'ai rebroussé chemin pour être en tout point semblable à celui qu'elle avait enfanté. On ne sait jamais, si je la rencontrais encore une fois. Si c'était le prix à payer pour lui tomber dans les bras.

C'est arrivé récemment dans les conditions suivantes, et je crois ma sœur à l'origine de cette entrevue. Je me trouvais dans le métro quand maman s'est approchée, la mine réjouie. Elle a posé sa main sur ma main qui s'agrippait à la barre au centre du wagon. Elle était coiffée d'un zigzag de plastique dégoulinant.

– Il pleut ?

– À verse. Je te cherchais.

Avant que j'aie pu lui demander comment elle m'avait trouvé dans cette foule collante et suante, à cette heure matinale, elle m'a posé une question, la question qu'elle n'avait jamais abordée avec moi tant que nous vivions ensemble. Est-ce qu'elle n'était pas trop vieille pour moi ? Pour me donner un gros bébé ? J'ai répondu Tu es jeune, je t'aime, mais ne compte pas sur moi pour faire l'ombre d'un gosse à ma mère, pour qui tu te prends, et j'ai reconnu le visage en pleurs d'Aline sous le zigzag dégoulinant. Inutile de vous dire que je suis descendu à la station suivante, sans demander mon reste, et que mon premier soin a été d'entrer dans un rade me siffler un calva-comptoir pour tout effacer, jusqu'à l'idée même de souvenir. Un gros bébé, avec maman !

En fait, plus j'y pense plus je me dis que le sommeil a été créé par Dieu pour répondre au besoin naturel qu'a l'homme, quotidiennement, de s'adonner à la folie sans gêner ses pareils, aussi fous que lui dans les bras du marchand de sable.

Comme je n'ai aucune envie de servir de chair à canon psychiatrique, j'ai gardé pour moi ces divers incidents qui m'ont marqué… Pas un mot à Tim. Pour écoper d'une ironie qui tient au fait qu'il n'a jamais eu l'occasion, lui, de croiser sa mère dans Paris ou sur les rives du fleuve Manombolo, ne l'ayant jamais connue, n'étant pas même assuré d'avoir vu le jour entre des cuisses de femme, ce pauvre Tim, aberration du Saint-Esprit.

Ce fatras mental m'occupait tandis que j'attendais quatre heures et demie devant l'école paroissiale, rue Blomet. J'étais en mobe, ce que tant les parents de Ben qu'Aline m'avaient formellement interdit quand je venais chercher le mioche au bahut. Ben me faisait confiance. Avec toi, disait-il en se pelotonnant dans mon dos, il ne peut rien m'arriver. Il frimait devant ses copains rapatriés au foyer par leur mère ou leur nounou. Il me faisait actionner la poignée des gaz. Il avait pour baby-sitter l'égal d'Ilie Nastase, le *sparring partner* de Borg ou d'Arthur Ashe, un crack de la terre battue qui vivait entre Melbourne et Forest Hill, avec une halte quotidienne au 16 de la rue Blomet.

Les portes s'ouvrirent, éclatèrent sous la pression des mômes, et une meute piaillante déferla sur le trottoir. Ben me bondit dessus. Il est très mignon malgré une coiffure antipoux proche de la boule à zéro. Dans ses lunettes, les yeux brillent comme deux olives noires. Sa mère, toute blonde qu'elle s'affichât, a les mêmes, et son père aussi.

Il ne me balança pas son cartable, ne me demanda pas d'où j'arrivais. Il ôta ses lunettes et se mit à chialer.

– Eh bien quoi, mon garçon ?

– Madame Elvira m'a traité de raciste. Elle m'a mis au coin pendant la cantine. Je n'ai pas déjeuné.

– C'est quoi, cette histoire, raconte-moi ça.

Madame Elvira, personne de fort tonnage, est une râleuse née, dotée d'un puissant accent portugais. Ben me raconta que madame Elvira l'avait accusé publiquement d'avoir dit à son copain Médi qu'il fallait mettre dehors tous les Arabes ou ils crèveraient. Ensuite elle l'avait traité de raciste. Ensuite de menteur. Ensuite de petite crapoule qui pour la peine irait au coin sans manger. Ben avait seulement dit, voyant pendouiller les palmes jaunies du ficus benjamina, plante qui portait son nom : il faut mettre dehors les arbres, ou ils crèvent.

J'étais révolté. Tant de connerie de la part d'un adulte ayant mission d'éducateur, qui plus est dans le cadre d'un établissement catholique renommé pour son rôle pédagogique auprès des enfants. Chapeau, madame Elvira. Du bon boulot, madame Elvira. Payés par les parents, ces gogos. Elle aurait traité Ben d'enculé, je n'aurais pas été plus choqué. Raciste, pour lui, n'était qu'un horrible gros mot, une injure infamante mais vide de sens. L'injustice allait peut-être changer la donne. Il se renseignerait. Il se rappellerait toujours qu'une femme d'origine étrangère l'avait taxé de racisme, et qui savait, plus tard, comment il rendrait la monnaie de sa pièce ? Je n'arrivais pas à m'en aller. J'ai donné son goûter à Ben, une gourde d'orangeade et une tablette de chocolat.

– Rappelle-toi, bonhomme, c'est çui-ki-dit-ki-yé.

Alors il m'a semblé que la directrice me regardait à travers la rue. J'ajouterais même qu'elle m'adressait un message de mépris coloré de haine. Elle a l'air d'un grand singe qui aurait en outre une allure chevaline. Toujours en souliers plats, en pantalon noir et corsage blanc boutonné jusqu'à la glotte. J'ai pris Ben par la main et, laissant la mobe, je l'ai traîné pour aller la voir. Il devait sentir que j'avais peur, que je ne faisais pas le poids, il m'arrachait le bras.

Après m'avoir dit de prendre rendez-vous, sans jamais croiser mon regard, sans jamais se permettre une seule inflexion d'aménité, la directrice nous a reçus dans une petite pièce au décor monacal, un crucifix, un caoutchouc en phase terminale, ou terminée.

– Je vous accorde trois minutes, annonça la directrice, et ce fut elle qui parla. Ellc me déconseillait vivement de dire un mot contre madame Elvira qui lui avait fait un rapport précis de l'incident, tel qu'il s'était déroulé à la cantine pendant la prière. Ce n'est pas parce que madame Elvira était surveillante de réfectoire et qu'elle avait son accent étranger bien à elle que les parents devaient s'imaginer qu'on leur donnerait raison contre elle, cette courageuse employée, une immigrée modèle. Non non elle n'avait pas traité Ben de raciste, elle avait seulement observé qu'il entrait dans la nature de ses propos une connotation raciste, scandaleuse de la part d'un aussi jeune enfant. Et s'il est vrai qu'elle avait eu la main leste, eh bien c'est de bonne guerre quand un écolier vous tient tête.

– Madame Houdry, avez-vous…

– Les trois minutes sont écoulées.

– … été vous-même témoin de l'incident ?

– Et vous avez maintenant à vous retirer avec Benito.

– Madame Elvira…

– Ne le prenez pas sur ce ton je vous prie ! Vous n'êtes après tout qu'un baby-sitter.

J'ai accusé le coup. On s'est levés, pas la directrice. Elle me fixait dans les yeux et j'avais l'impression d'être un objet téléguidé. J'ai entendu qu'elle disait :

– La différence entre madame Elvira et vous c'est qu'elle travaille.

Puis :

– D'ailleurs il est clair que Benito a du mal à s'accepter dans son rôle de victime. Un psychothérapeute pourrait l'aider.

Du regard elle me raccompagnait à la porte.

– Il pourrait vous aider aussi, par exemple à vous habiller.

J'avais sur le dos mon survêtement rouge aux couleurs du NANAS-CLUB. Pour aller au théâtre avec Aline je mettais un jean et des boots frottées à la chaussette de laine mouillée de salive. J'avais alors l'impression de battre tous les records d'élégance, de faire mon m'as-tu-vu. Bien sûr jamais de cravate, symbole ringard de pendaison depuis 68.

Les parents de Ben s'appellent Tonio et Cindy. Ils travaillent le soir, la nuit. Il est chauffeur de taxi, elle est infirmière à la maternité. D'après Ben elle est infirmière parce qu'elle veut bien, par humanité, mais son vrai métier c'est les anges. De loin en loin, on sonne à la porte et une personne aux yeux rougis demande si c'est bien là. Ben m'a déjà montré dans un tiroir de la cuisine une longue cuillère à banana split, l'instrument miracle : on n'a pas le droit d'y toucher, c'est pour les anges… Je pensais qu'il n'y comprenait rien jusqu'au jour où il m'a glissé à l'oreille : « J'ai vu un ange, hier soir, dans le trou des cabinets. Il me regardait, je n'ose plus y aller… »

Quand on est rentrés, sa mère dormait. On a joué à la crapette en écoutant pour 25 watts de Vivaldi le sixième concerto pour violon, un cadeau d'Aline aux parents. Ben est le seul gosse, à ma connaissance, qui aime autant la musique et ne tourne les yeux vers la télé que pour voir les grands hommes et femmes de la Nation retrousser leurs manches à propos du pays. Il aime la musique, il est imbattable à la crapette, et je suis payé pour applaudir ses hauts faits jusqu'à six heures. Après quoi Cindy réagit aux ultrasons du radio-réveil et fait une entrée bâillante et quelque peu négligée dans la cuisine où j'attends qu'elle mette la main au tiroir-caisse pour lancer : *Ciao*, bonhomme, à demain. Une bise au gosse, une bise à la mère, un coup d'œil aux échancrures du pyjama péplum en acrylique imprimé d'oursons je rentre chez moi, c'est la rue suivante. Et parfois, les oursons m'aident à désirer Aline, tard dans la soirée. Je picore ici et là.

– Tu joues mal, a dit Ben, t'es amoureux ?

– Pas spécialement.

– Tu penses à quelqu'un ?

– Personne.

– Alors applique-toi.

Je n'avais pas rappelé Alba depuis la soirée avec Tim. On croit qu'on va tromper sa femme, que c'est la meilleure chose qui puisse vous arriver, et puis le temps passe, les cabines publiques ne sont plus des mirages que vous refusez d'éteindre. On rentre dans le rang. On se dit qu'un jour on aura quarante ans, comme les autres, comme tous ces idiots, ces passants du hasard. À partir de quarante ans il est pris le pli de passer à côté des autres vies qu'on aurait pu vivre, et des autres femmes qui vous auraient aimé. Le pli d'être vieux, tout seul au cœur d'un monde secret, le pli du rien total, définitif. Éternel non-retour.

– Qu'est-ce qui ne va pas ? m'a dit Ben. T'as peur que Giscard nous ait tous au boniment ?

– Ce n'est pas le pire, gamin.

De toute manière quand je pense à maman, je ne m'en rends pas compte, je me surprends à lui parler, lui demander conseil, pardon. Ou bien c'est un détail précis qui soudain fait surface et jette une lueur dans mon rêve, un instant. Le cancer, m'avait dit l'infirmière chef de la clinique, avait essaimé de la colonne vertébrale au cerveau à travers le liquide céphalo-rachidien. Votre mère s'en est allée avant de perdre conscience, entendez par là son être lucide, son humanité.

– C'est qui, les pires ?

– Ils sont tous pires, si tu réfléchis bien.

– Tu votes pour qui sans indiscrétion ?

– J'hésite entre Dumont et Krivine.

Ben a eu un rire de mépris.

– Pas Dumont, quand même, c'est un chevelu.

– Ça lui va bien.

– Et Krivine est juif.

La curiosité m'a piqué au vif. Il avait dit ça d'un ton très naturel, comme s'il attirait charitablement mon attention sur un point d'évidence.

– Il est peut-être juif, oui…

– Et tu votes pour un Juif.

– Et s'il était noir en plus d'être juif, et manchot des deux bras, ce serait pareil.

Ben était médusé, la perplexité se peignait sur ses traits.

– Tu ne sais pas qu'ils ont pendu Jésus ?

– Arrête tes idioties, tu vas dans une école chrétienne… KKKrétienne.

Il a levé les yeux au ciel.

– Pendu ! C'est des salades, les clous, la couronne d'épines. Ils l'ont pendu mais ils trouvent que la croix ça fait mieux. Tout dans la frime.

– Même s'ils l'avaient pendu, Ben, si on l'avait pendu, je voterais pour Krivine.

– Je m'en lave les mains, fit Ben entre ses dents, et il mima la scène lustrale avec Pilate.

– Les oreilles aussi, Ben, ça se lave, comme le cerveau, comme le trou de balle.

Mon cœur battait, j'avais les mains moites. Il était éveillé, pour son âge, mais sa vivacité d'esprit me donnait froid dans le dos. Moi qui ne savais pas à qui donner ma voix citoyenne, ni pourquoi, je me sentais brusquement une sympathie folle pour ce Krivine. J'avais l'impression qu'il risquait la pendaison, la crucifixion, qu'il serait lapidé par femmes et enfants si, pour son malheur, il échouait aux présidentielles.

– Ma mère dit qu'ils nous bouffent la laine sur le dos.

– Nous ce n'est pas la laine qu'on leur a bouffé sur le dos, et pas que le dos. Je suppose que ta mère dit les choses autrement, tu es encore bien jeune, tu ne comprends pas tout.

Il me défiait avec ironie, ses petits yeux en olives noires miroitaient.

– Pourquoi tu viens me chercher à l'école ?

– Pour rendre service.

– Mon père dit que tu n'as pas de métier.

– Il dit sûrement les choses autrement... D'ailleurs, le métier... C'est un métier chauffeur de taxi ? Chauffer les taxis ? Chauffard ?

Il devenait franchement hautain, et si j'osais je dirais qu'il avait dans les yeux une lueur de meurtre.

– Mon père dit qu'un tennisman de haut niveau n'est pas un baby-sitter, que c'est bon pour les gonzesses.

– Tu sais très bien pourquoi je fais ça, j'ai besoin d'argent, je construis un bateau.

– Dans ton jardin. Le NOTRE-DAME-DU-JARDIN. Le reste AU-PORT. C'est comme ça qu'il appelle ton bateau. Et aussi le VAISSEAU-FANTÔME.

Il est passé du coq à l'âne :

– Nous, fit-il d'un ton suave, on vote Le Pen.

– Parce qu'il est breton, je suppose, par solidarité armoricaine.

– On n'est pas bretons... Parce que Le Pen de mort... Parce qu'il veut mettre dehors tous les Arabes.

Il avait élevé la voix, son regard me transperçait.

– D'accord, Ben, tu m'as bien eu, je me demande en fait si la directrice n'avait pas raison.

– Surveille ton langage, fit-il avec le plus grand sérieux. Ou j'en touche deux mots à maman.

Les choses s'envenimant, j'ai suggéré qu'on joue aux osselets sur le plancher, un loisir où j'excelle.

– Je n'ai pas envie de jouer, a dit Ben, d'ailleurs j'ai des maths à faire et mes canards à découper.

– Tes canards ?

– En pointillés, pour l'école.

D'une voix traînante Cindy l'a appelé à travers le mur, en tapant du poing, et il s'est levé. L'oreille aux aguets j'ai cru comprendre qu'elle lui disait de la fermer en présence des étrangers, que papa serait fou de rage, il te couperait ton petit bout de langue, Benito, si ça lui revenait aux oreilles. J'ai failli lancer la question à travers le mur : oh Cindy, c'est qui l'étranger ? À présent c'était sûr, Alain Krivine aurait son meilleur fan en ma personne, un manifestant prêt à s'égosiller pour lui dans les rues. J'allais me rancarder sur son compte et je n'aurais plus l'air d'un clampin quand ça causerait Giscard et *lumpen-proletariat* autour de moi.

À travers le mur j'ai demandé un café noir, s'il vous plaît. J'avais envie de voir Cindy en petite tenue, de lui parler. Comme quoi on peut avoir du *sex-appeal*, faire des anges à la cuillère, en contrebande, et rêver d'un monde meilleur où tous les Arabes auraient regagné leur Arabie d'origine, tous les Nègres leurs bananiers et tous les Juifs leur saison en enfer, du côté d'Osziwin alias Auschwitz, et tous les métis leur enclave entre ciel et terre, à bord d'un immense dirigeable à l'hydrogène, susceptible d'exploser en vol au premier signe d'hostilité. Un monde meilleur, Cindy, le meilleur des mondes.

Elle n'a pas daigné venir montrer ses pieds nus ni les contre-jours de son péplum. Elle a juste envoyé Ben m'annoncer que maman était réveillée et qu'elle me payerait la prochaine fois, que je note bien mes heures. Je n'avais qu'à tendre la main vers le buffet pour leur piquer la cuillère dont on fait les anges, ou le transistor mauve en forme de sirène lascive, collé par une ventouse au frigo.

Dehors je suis tombé sur une Aline en train de garer son biclou, quel bon vent, ou plutôt quelle vilaine pluie… Je ne savais même pas qu'elle connaissait l'adresse de Ben, rue Nansouty. Elle rayonnait sous une coiffe de cap-hornier en toile cirée bleue.

Sa main toute mouillée, toute fraîche, a saisi la mienne et l'a posée contre son ventre, sous le blouson kaki, un geste initiatique, directif, j'avais la paume en contact avec les abdominaux à la fois doux et durcis par le footing.

– Dis bonjour à p'tit Loup.

14.

Elle avait des pommettes d'enfant, les cheveux mi-longs à reflets cuivrés. Des inflexions tendres imprégnaient sa voix d'une musicalité voilée. Un parfum comme à la mer quand on froisse les feuilles de menthe en regardant l'horizon. Pour les yeux je n'avais plus que le souvenir d'une couleur sans nom, très belle, l'air bleu des grands voyages. Lèvres luisantes, charnues, jamais embrassées. Jamais embrassées par moi ni par quiconque, semblait-il. Havre de virginité. J'étais en train d'oublier Alba lorsqu'elle avait téléphoné chez nous, si émue qu'elle en devenait incompréhensible. Je n'étais pas sûr d'avoir bien entendu son numéro. Je l'étais d'autant moins qu'Aline s'était mise à tempêter, ce qui ne vaut rien pour la mémorisation à chaud.

– Salut, p'tit Loup, j'ai dit sous la pluie battante… Tu le sais depuis quand ?

Ça cognait dans ma poitrine, à coups de poing. Le bonnet ciré d'Aline luisait comme une matraque de garde mobile.

J'étais en train d'oublier Alba quand d'une phrase elle avait ranimé notre histoire : je t'ai écrit. J'étais resté sans voix. Le regard d'Aline m'enveloppait d'hostilité.

Alba m'avait écrit. Si la lettre n'était pas arrivée, c'est qu'il était dit qu'elle se perdrait en route, qu'elle ne m'était pas destinée, pas suffisamment.

Croyez-moi j'ai voulu éviter le pire, je l'ai subodoré. Vous voyez bien ce que j'entends par là. Considérez vous-même la situation. On dirait une mauvaise intrigue de Marivaux. Je ne l'ai pas cherché. Mon but, à moi, c'était l'amour qui me pesait sur le cœur et sur les sens, de m'en alléger dans les bras d'une femme, d'une personne à qui je n'aurais pas honte d'avouer qu'elle était l'amour de ma vie.

Je m'étais amouraché d'Alba sans la connaître, à la faveur de ses apparitions polychromes en pyjama qui faisaient de nous un couple mi-chair mi-poisson. J'étais la chair, Alba le poisson d'avril impossible à saisir. À Montparnasse, quand nous dormions ensemble, elle était emmitouflée jusqu'aux yeux. À l'océan, sa nudité frôleuse m'avait laissé le goût fuyant d'un reflet, d'un clin d'œil, comme si je détenais une miette sur les milliers qui composaient la clé d'un secret qu'elle me refusait. Quelques miettes d'Alba, c'est tout ce que j'avais eu d'elle, sans d'ailleurs qu'elle eût souhaité m'en faire cadeau.

Sa mère entre-temps m'avait tout donné.

– ... Depuis le début de l'été. Mais avant deux mois d'aménorrhée, c'est inutile d'en parler. C'est inexistant.

Le soir, fiesta. Gratin de chou-fleur au lard et champagne La Demoiselle. Aline exultait. J'avais la conviction de vivre un bel instant d'harmonie avec la femme de ma vie. Nous l'attendions, nous n'y croyions plus. Nous en avions tellement parlé.

De la part d'Aline, c'était une course contre la montre. Elle avait depuis longtemps passé quarante ans. Elle pensait ne plus jamais avoir d'enfant, elle n'en voulait plus, mais son amour pour moi était si grand qu'elle avait changé d'avis.

De manière un peu vague, avec le sentiment de faire plaisir à maman, d'être un garçon bien comme il faut, je me vantais d'un rêve de paternité sincère, depuis toujours, bien que tempéré par les chances que l'amour m'offrirait. Un enfant, oui, plusieurs, une famille, une smala, mais avec une femme que j'aimerais plus que tout. Parfois je m'aventurais en terrain savonneux, ressortant les vieux clichés d'un avenir trop chaotique pour le vouloir empli d'enfants. De nouveaux malheureux. De nouveaux guerriers. De nouveaux déçus qui se lamenteraient un jour d'être là, d'être morts, qui maudiraient ciel et terre. Ou bien, reprenant les insinuations d'Aline, j'invoquais mon insolvabilité. Pas d'argent, pas d'enfant. Pas d'enfant quand on affiche un dédain tragique de la possession des choses, et qu'on réduit sa vision du futur au sillage d'un voilier quel qu'il soit penché dans l'étendue, vers nulle part. Cette ambition n'était pas mienne, je la dérobais à Tim quand ça m'arrangeait.

– Tu te sens comment ?

– Le mieux du monde. D'ailleurs ce n'est pas *tu* mais *nous* qu'il faut dire maintenant. Et toi ?

– Je plane un peu mais ça va.

Avec ses pommettes d'enfant, son odeur, ses mains, la couleur de ses yeux elle avait tout à fait l'air de la fille qui vous cherchait, que vous cherchiez. Elle s'était mise en chemin il y a longtemps, vous aussi. Disons quand les premières étoiles avaient commencé à briller. C'était seulement aujourd'hui que nos routes se croisaient. Le temps ne compte pas en amour. Qu'elle était jolie. On lisait dans son regard : la vie est écrite, souvent. Des bribes, trois fois rien. Vous ne saviez ce qu'on lisait dans vos yeux, s'il y avait un seul mot d'écrit. Libre à chacun, maintenant, de dire à l'autre qu'il a fait tout ce chemin pour lui, depuis le début des étoiles. Ou libre à chacun d'être orgueilleux, indifférent. De s'en aller comme s'il entendait l'appel d'une autre voix, beaucoup plus loin sous le désert des étoiles. La vie est écrite, on peut la raturer.

– Sais-tu, Ben est antisémite.

– On ne l'appellera pas Ben, voilà tout.

– Qui ça ?

– P'tit Loup. On ne l'appellera pas Ben.

– On l'appellera Adolphe.

Elle n'a pas relevé.

– Je ne sais pas comment je vais annoncer la nouvelle à maman.

Maman c'est Marylène, une chevelure en fil de fer, des calots à la place des yeux. Toute parole de sa bouche reflète le bon sens du scorpion.

– … En ne lui annonçant rien pour le moment.

– Un adorable petit nazillon, ce Ben… Surdoué, mais pour la chambre à gaz. Et toi tu t'en fiches.

– Du moment qu'ils te paient…

D'accord, je ne suis pas un petit saint, mais ça me fiche en l'air quand j'entends dire de quelqu'un sale négro… Je suis dans la peau du négro, du juif, du rital, du bougnoul, du Breton quand on dit sale négro.

– Ils les lâchent avec des élastiques.

– Qu'ils gardent leur fric. On m'a proposé un métier pour toi. Demain, tu as rendez-vous rue du Château-des-Rentiers. Il faudra te lever tôt, mon vieux. Mais un futur père de famille doit s'entraîner à l'insomnie. Tu verras, quand je t'enverrai chauffer les biberons du gosse en pleine nuit, ou le changer.

– C'est quoi mon métier ?

Aline m'a regardé, perplexe.

– Ta modestie t'honore, amour. N'es-tu pas écrivain ?

J'étais attendu à huit heures du matin par Violaine Ouizeau, directrice artistique de *Stéréobingo*, une revue musicale européenne dont le numéro un serait en kiosque à la fin du mois. La partie rock, variétés, était confiée à Marcel Barbin, l'as du show business. Il leur manquait un rédacteur en chef pour les pages classiques, avec une envergure littéraire qui en imposerait aux collaborateurs du journal.

– Ceux que tu voudras bien faire travailler.

Je me sentais minable, anéanti.

– C'est beaucoup d'honneur que tu leur fais, déclara Aline. Je ne leur ai pas envoyé dire.

Tout en parlant elle se caressait le ventre du bout des doigts.

J'ai baissé les yeux :

– Je n'ai jamais fait ce genre de boulot, tu le sais très bien.

– C'est très facile, tu verras, doué comme tu es. C'est d'ailleurs exaspérant. Tu es incollable en musique, en littérature, tu es drôle. Ce poste est vraiment fait pour toi. On ira au concert tous les soirs.

– C'est rémunéré ?

– Salarié, mon salaud. Excuse-moi si je n'ai pas déjà sur moi ta feuille de paie… Tu es content ?

Je suis content lorsqu'on est content de moi. Ce que je ressens vraiment n'a guère d'importance. C'est tellement changeant. Ce que je ne voulais pas c'est entendre les mots : tu me caches quelque chose. Je suis enceinte et tu me caches quelque chose. Une fille aux pommettes d'enfant.

– Et mes poèmes ?

– Tu les écriras la nuit. Comme tous les poètes maudits. Je t'achèterai une bougie pour faire plus vrai.

– Et des mitaines, un rat empaillé.

Nous avons passé en revue les divers prénoms qui nous plaisaient. Pour moi c'était clair. Mon fils s'appellerait Boris, le prénom de mon grand-père maternel. Celui dont la canne à bout ferré m'avait servi pour tracer mes premiers poèmes dans la neige et sur le sable, à Trémazan. Et tous ces poèmes commençaient par deux syllabes ensorcelées : Edwige… Si c'était une fille elle ne s'appellerait pas

Edwige, surtout pas, elle s'appellerait Yvonne, le prénom de maman.

Aline m'écoutait, ravie. Que c'est beau cette fidélité du fils à la mère, du petit-fils au père de sa mère, cette longue filiation que l'amour ne cesse de prolonger. Boris, Yvonne.

Elle aurait pu désirer contrebalancer par Marylène et Raymond, sauf qu'elle avait d'excellentes raisons d'en vouloir à ses parents qui avaient usé beaucoup de salive à lui reprocher, non d'exister mais d'être une fille, un emmerdement né.

– Et en plus tu as un métier.

J'ai soupiré :

– Un bonheur n'arrive jamais seul.

Aline m'a resservi du champagne. Une bulle m'a éclaté au visage et j'ai vu la fille aux pommettes d'enfant. Une dernière fois j'ai tenté de faire comme Aline sur les albums de photos qu'elle repoussait dans un carton crevé au fond de l'armoire, avec les godasses qu'elle ne portait plus. J'aurais voulu barbouiller mes souvenirs au feutre noir, le splash du poulpe en fuite, chaque fois que le visage d'Alba passait dans mon champ visuel. L'encre s'effaçait aussitôt. Un autre visage flottait, cheveux cuivrés. J'ai fait tout ce chemin pour toi…

– Tu es malade ?

– Pas spécialement.

– Tu ne manges pas ?

– Je me suis bourré de biscuits chez les fachos.

… Je t'ai écrit.

C'est en vidant mes sacoches de tout leur contenu tennistique, balles, chaussettes, babol, que j'ai trouvé son mot. Il fallait bien qu'elle eût escaladé le portail pour entrer dans le garage et se servir du vélomoteur comme boîte aux lettres. Elle avait dû lire Foch ou Clausewitz. Décide ce que l'ennemi attend de toi et fais exactement le contraire… Non, sa mère ne s'approchait pas de ma 103, ne sondait pas le réservoir, ne découpait pas les pneus en lanières. Une fois par an, les sacoches rincées au jet pendaient sous la corde à linge entre tilleul et acacia. L'enveloppe était couleur sable, du beau papier doublé soie. Une plume noire gravée sur le rabat disait I LOVE en caractères imprimés, Alba s'était permis d'ajouter WRITING à l'encre d'or. Et c'est à l'encre d'or, sur une dizaine de lignes qu'était rédigé son mot, le plus infantile qui soit. Pas une fois ne figurait mon nom.

– Tu m'en voudras si je grossis ?

– Je te dirai ça le moment venu.

Vous avez sans doute raison, je n'étais pas plus motivé que ça par la présence imminente d'un heureux événement sous mon toit. Aline était pourtant ma première femme enceinte et je m'étonne, à vingt-trois ans, de m'être égaré dans l'espoir insensé qu'elle me fiche la paix avec cette histoire d'enfant. Qu'elle n'en parle plus. D'accord je ferais le plus beau, le plus musclé des pères. D'accord ce n'était pas gagné d'avance, malgré la vigueur de mon sang dont elle n'avait jamais douté. D'accord l'âge avait du bon, car elle allait bénéficier de cette avancée technologique inouïe, l'irm, la résonance magnétique, un procédé qui consistait à envoyer un bathyscaphe virtuel à la rencontre du fœtus, et de le regarder nager dans le plus vieux des océans où petit poisson met tout juste neuf mois à devenir grand, à devenir celui qui pense, celui qui est. Un océan pour lui tout seul. Et d'accord elle recopierait sur mon agenda parfaitement désœuvré la liste des rendez-vous, jour et heure où, grâce au bathyscaphe échographique, je serais l'hôte de ce monde du silence, invité par son gynécologue, le capitaine Poggioli, à scruter les abysses de la création charnelle. Et d'accord, si je le souhaitais du fond du cœur, après cette phase initiatique, fatale ou propice à l'harmonie du couple, elle serait la première à souhaiter aussi que je lui tienne la main pendant la mise au monde, la naissance du bébé, mon chéri, du babour comme on dit chez nous, nous autres les bouseux, ton gros babour à toi, Yvonne ou Boris. J'étais d'accord et la migraine hésitait entre mes deux hémisphères cérébraux, ramassée comme un lourd glaviot à la pointe nord de mon arête nasale, douloureuse à crever. Tais-toi, pensais-je. Sois enceinte et tais-toi. Les plus abjectes inspirations me sollicitaient. Elle se teint les cheveux en douce. Elle avait une blancheur aux tempes, elle ne l'a plus. Elle était si jeune, si fillette et fragile quand je l'ai connue. Un gag, ses quarante ans. Elle se peint les tifs et ça y est, patatras, elle a ses quarante-cinq ou quarante-six ballets. Elle tombe enceinte et l'on dirait une grand-mère attendant un petit vieux. Elle n'aurait pas dû rester jeune aussi longtemps, tout se paie…

Comme on n'est jamais tout seul quand on cogite au petit bonheur, je faisais salon dans mon occiput migraineux avec Ben, avec Alba, Cathy, maman, la directrice de Saint-Antoine, on était nombreux à bourdonner autour de moi. Je prends même le pari qu'Alain Krivine était des nôtres et qu'il compatissait aux misères de l'araignée qui me cavalait au plafond depuis le 5 mai 1970, à 6 h 35 GMT.

Répondre à papa.

Répondre à Cathy.

Rappeler Tim.

C'est qui, Jennyfer ?

Détruire le mot d'Alba.

Lire *La Farce électorale* de Krivine.

On s'est couchés. On s'est endormis très enlacés, très en chien de fusil, moi la main posée sur le ventre d'Aline, coiffant son nombril, elle sa main sur la mienne. Symbolique évidente, n'est-ce pas ? Si je couve tu couves aussi, cet œuf n'est pas plus à moi qu'à toi, nous le protégeons ensemble avec nos deux mains réunies. Le réveil à tic tac réglé sur la première aube luisait en face de moi. J'ai pensé, à moitié endormi : ver luisant. J'ai pensé que tout Paris luisait en gloire autour du réveil, affluant par la fenêtre ouverte. On voyait jusqu'à la tour Eiffel, aiguille mère de toutes les heures à venir. Qu'elles ne viennent pas, mon Dieu, qu'elles retiennent leur souffle, qu'on en reste là, c'est bien assez comme ça, c'est déjà trop. J'ai pensé qu'un tel silence était fou, qu'il annonçait un cauchemar imminent, j'allais bientôt voir les ptérodactyles fondre sur la tour Eiffel. Là où j'étais le crincrin du périphérique n'était pas, ne cherchait pas ma cervelle à travers le tympan.

Je me suis désenlacé d'Aline avec l'impression de subtiliser ma propre main sur son nombril.

– Tu ne me caches rien ?

– Eh, je dors.

– Tu me caches quoi ?

La pulsion meurtrière du dormeur contrarié, l'envie presque sensuelle d'exterminer une femme enceinte.

– J'ai peur, des fois.

Parfois ! Espèce de taupe ignare. Elle est jolie mon espionne du quai d'Orsay, née entre le bœuf et l'âne blanc dans une étable obscure à Trifouillis-les-Oies.

Aline fait trembler les milieux chicos des missions top-secret en zone de guerre, elle parle une bonne douzaine de langues dont le swaloff, mais les pataquès de son enfance à la ferme natale, elle y tient comme à la prunelle de ses yeux.

– Tu as des nouvelles d'Alba ?

– Zéro, dors !

– De toute manière tu ne me le dirais pas.

– Exact, et je n'en ai pas.

Plus tard elle a dit d'une voix éthérée :

– Demain, pour ton rendez-vous, tu mettras une veste. Et tu te raseras.

– Je t'aime aussi.

Détruire le mot d'Alba ne signifiait pas l'oublier, lui et ses doux caractères à l'encre d'or s'échappant d'un stylo qui pleure : *il y a deux moutons bleus sur un nuage rose. On leur a laissé un rayon de miel et un bol de lait sucré. Ils ont tout mangé, tout bu. Ils vont mourir au-dessus de toutes les fleurs et de tous les oiseaux qui n'entendent pas leurs appels au secours. Faites savoir autour de vous que ces moutons sont en danger. Ils sont condamnés à mort. En plus, le nuage rose est poussé vers la mer. Les sternes pourraient bien leur crever les yeux. Mon tél. à Paris : PORT 97-33.*

Et si je réveillais la mère pour qu'elle m'en dise un peu plus sur sa fille ? Mais bon Dieu, pourquoi je rappellerais une personne aussi cucul, pommettes d'enfant ou non ? *Dis-moi, mon cher papa, pourquoi je la rappellerais ? Ça t'amuse donc tant que ça de perturber mon…*

15.

… Sommeil, pile à l'instant où je m'endors je pense à toi, je t'en veux, je m'en veux, j'aimerais t'en dire plus, retourner marcher en forêt comme autrefois, tu te prenais pour saint François, tu parlais aux oiseaux, tu pissais contre les arbres et tu leur parlais, tu connaissais tous les sentiers en forêt autour de Paris, tu étais un homme des bois et des mers, un homme des sables, et durant ces promenades il n'était question de rien qui aurait pu nous servir de complicité, on parlait des pharaons, des civilisations disparues, des grands hommes à travers les âges, et de nous jamais un mot, pourquoi me laissais-tu marcher à côté de toi, maintenant je me retrouve à prendre au sérieux les lettres d'une fille où les moutons sont bleus, les nuages en sucre filé, et j'aurais bigrement besoin d'avoir ton avis sur la question, toi qui connais si bien la valeur des mots. On s'est disputés un jour en forêt, tu étais énervé, tu parlais des jeunes avec une sympathie qui m'inquiétait, il nous manquait l'essentiel, disais-tu, d'avoir subi les maux non subjectifs qu'une bonne guerre inflige à tous les vivants, proche ou lointaine,

et j'étais un bon exemple pour cette mollesse incarnée par ma génération, à ma naissance on avait aboli l'esclavage, achevé la guerre, on achèverait la souffrance, on abolirait les rages de dent, l'hôpital, et je n'étais pas d'accord avec toi, je trouvais ça ridicule cette guerre présentée comme un antidote à la nature humaine, vous n'étiez guère plus brillants, vous les aînés, d'ailleurs assez peu causants sur les édifiants combats dont vous sortiez rescapés. Quand je viens au monde de l'histoire où je viens d'embarquer à l'improviste, on me dit que je l'ai échappé belle grâce à Dieu, les morts sont morts les vivants sont vivants grâce aux paysans mayennais qui ont bien voulu nourrir et loger les miens deux années durant, du lait, des œufs, pas d'histoire. Grâce à Dieu, où est-il ? Doucement, fiston. Dieu n'est pas une question. Dieu est Dieu. Demande-lui pardon. Tu t'arrêtes, tu prends à deux doigts mon grand nez, tu me fais baisser la tête et j'ai les larmes aux yeux, tu me dis prie, tu me dis demande pardon. Ça dure une minute et la morve coule sur tes doigts. Quand je relève la tête tu me colles une bise au front, le bon baiser du bon Dieu qui ne châtie pas moins qu'il caresse, sache-le fiston, tu as de ces mots. Nous échangeons un regard, nous échangeons Dieu sans parler, nous repartons la bonté divine au cœur, merci mon Dieu, merci papa, après la mort de maman tu changes de ton, je suis un veau, dis-tu, désormais je suis un veau, ça rend modeste un dieu au bout du rouleau, on a beau l'encourager, lui dire : allez papa, un effort, remonte sur ta croix, étreins le monde entre tes ailerons, châtie-le si tu veux mais reste droit, et bien non, il reste en bas, il se voûte, et malgré ça nous continuons à prendre le train direction Rambouillet, Montfort-Lamaury, rendez-vous au train pour aller marcher dans la forêt des rois. Un jour nous passons des heures à gratter, fouiller au pied des arbres arrachés par la tempête et tu me dis à la fin l'air contrarié : autrefois il y avait des dents de requin sous les mélèzes. Je le vois venir, je sais parfaitement de quoi il veut parler. Je comprends parfaitement de quoi tu vas m'accuser. Autrefois les requins nageaient sous les mélèzes, mais aujourd'hui, de ton temps à toi on n'en trouve plus, on trouve des limaçons, des mille-pattes. Comme si j'avais subtilisé les poissons du néolithique dont les domaines s'étendaient librement dans le sous-sol des forêts autour de Paris sous des kilomètres d'eau marine. Pour un peu tu me demanderais de te restituer illico les dents volées. Tu me prends sur le fait, moi le contemporain d'une époque lamentable où plus rien n'est comme avant, où l'on casse les bateaux des pêcheurs, les talus des champs, où même les souches des arbres ne montrent plus les âges antérieurs de l'océan. Et quand tu me dis que les temples égyptiens avaient pour fondations des tonnes d'ossements trisomiques et ça ne loupe pas, et tu t'extasies devant le génie moral des anciens pas plus anciens que nous de leur vivant, et probablement moins d'après toi. Ce jour-là nous sommes rentrés moins bons amis qu'au début. Tu m'as dit en me quittant : pourquoi je t'ai emmené en forêt aujourd'hui ? Pour te donner l'occasion de te rat-

traper. Le sort était contre toi, je n'y peux rien, c'est ainsi. Quand tu étais petit, je t'ai offert des canines de peau bleue vieilles de plusieurs millénaires. Où sont-elles ? Tu les as perdues. J'espérais les retrouver aujourd'hui... Je n'avais rien perdu, j'avais vendu les dents du prédateur à Tim pour qu'il s'en fasse un collier. Et tu vois, papa, jamais je n'aurais pu t'avouer ça. Alors tu m'as dit ces mots charmants : je me demande ce que tu vas devenir, toi. C'est ça le mot de la fin ? C'est tout, je dors.

16.

J'avais mis ma veste noire en cuir, la seule que j'ai. Je m'étais rasé. Comme aurait dit maman, j'étais présentable. Je me suis présenté. Dire mon nom m'a toujours coûté, fait rougir. Il me semble annoncer un proche parent dont je ne suis pas totalement sûr d'être fier.

– Bravo pour la ponctualité, m'a dit Cécile Ouizeau. Nous sommes très à cheval sur l'heure…

Quelqu'un dit ça on cherche la bête, on a des visions stupides.

– … vous habitez la tour ?

– Pas vraiment, je viens de Montrouge.

– Ce serait quand même plus commode si vous habitiez la tour, on en reparlera. On en est encore au stade du camping.

J'étais reçu dans un vestibule et l'odeur de peinture fraîche semblait s'échapper d'un végétal en rut. Le journal avait ses locaux au deuxième étage de la tour Ménestrel, un building de verre aussi démoralisant d'aspect qu'impressionnant. En voyant la pancarte MÉLOMANIA sur la porte, j'avais pensé faire erreur, mais c'était bien ici, j'étais attendu. Après

Cécile Ouizeau je verrais François-Marie du Trieux, le big boss actuellement en rendez-vous avec ses partenaires italiens.

– Tout à l'heure je vous ferai visiter la maison… Tout ça va bouger dans les prochains jours. J'ai ouï dire que la comptabilité déménageait à Waduz.

– La plupart des sociétés vont en banlieue.

– C'est au Liechtenstein.

En plus je le savais. Elle s'est mépris sur mon sourire, simple manifestation de gêne.

– Ce n'est pas la porte à côté, j'aurais moi aussi préféré la banlieue. Mais nous avons d'excellents relais à Turin.

Qu'est-ce que je fichais là, vous pouvez m'expliquer ? J'étais pauvre, je cherchais du boulot. Je ne pouvais plus voir le tennis en peinture et l'inspection du travail n'aurait pas tardé à me tomber sur le râble. Mais entre nous j'y connaissais quoi, à la rédaction en chef d'un grand magazine culturel européen ? Dans quel guêpier Aline m'avait-elle encore fourré ? Elle sort beaucoup, elle voit du monde. Elle entend parler de places vacantes et chaque fois dit connaître une perle, un ami proche, et j'y vais… Et chaque fois je suis humilié. Rédacteur en chef à *Mélomania*, c'était presque indécent… À la rigueur j'aurais pu leur proposer de lessiver chaque soir les baies vitrées, et franchement je l'aurais fait. J'étais prêt à considérer comme une aubaine la perspective d'être embauché pour le nettoyage des locaux, de me faire un nom dans ce type d'entreprise qui de fil en aiguille serait devenu ma spécialité. Je n'étais pas sujet au vertige, et perché sur un échafaudage volant, une grosse éponge naturelle à la main, j'aurais pu m'adonner à toutes les rêveries qui tapissent le cœur d'un jeune homme, depuis la divagation sexuelle jusqu'à la nostalgie d'une famille heureuse, en s'attardant à la fabrication d'une poésie débarrassée de la signification des mots, des virgules et points, consacrée à la part indicible de l'homme seul, du poète incompris qui refuse l'immixtion de quiconque dans sa vie privée, quand bien même il aurait besoin d'un conseil pour venir en aide à ces pauvres moutons, roses ou bleus, à qui les sternes vont crever les yeux. Il ne pouvait pas exister de sot métier pour les atypiques de ma trempe. C'est d'un gagne-pain dont j'avais besoin pour me sentir les coudées franches et la conscience tranquille en face d'Aline. J'avais déjà franchi les portes des agences d'intérim, accepté ces jobs réservés aux « personnels » maudits qu'on peut sous-payer à gogo sans qu'ils sourcillent, vu qu'ils ont un permis de séjour à moitié valide et tout juste un falzar sur les reins. J'avais déchargé des wagons utilitaires du type de ceux qui transportaient les Juifs vers l'Est, moi c'était d'insaisissables panneaux d'Isorel mou qu'il fallait coltiner sur une benne, un wagon après l'autre, une benne après l'autre, et la poussière du bois faisait cracher les poumons, s'arracher la peau. Plus on se douchait, se frottait, plus ça démangeait. J'avais bossé pour Katlama's Broth, un antre chimique où vous passiez les journées à boire du lait contre la nausée, et c'était à qui sortirait le moins souvent dégueuler sur les marmites de formiate balancées dans la cour. J'avais porté des semelles de fer pour dessiner des croisillons antidérapants dans le goudron fumant des parkings. J'avais trimballé sous la neige, galérien d'une queue leu leu cosmopolite qui pouvait mesurer cinq cents mètres, du joint d'autoroute qu'il fallait tronçonner et poser à mains nues entre les parpaings. J'avais tellement d'engelures et d'hématomes après quelques jours que mes mains n'entraient plus dans mes poches, on aurait dit deux choux-fleurs. Je profitais des séjours d'Aline à l'étranger pour démarcher les bureaux d'emploi, bavant de convoitise à la vue des propositions financières faites aux ouvriers spécialisés, plombiers-zingueurs et autres métallos diplômés en soudure sous argon. Jamais je n'avais perdu de vue ma bonne étoile, le goût d'une petite lueur dont ma vie, la vie, serait un jour illuminée. Je sais qu'on peut l'attendre indéfiniment. J'ai vu bien des amis partir déçus.

– Votre épouse nous a fait de vous un portrait magnifique. Elle vous admire tant. Vous écrivez la nuit, je présume, comme tous les auteurs inspirés. Le coup de folie de trois heures du matin…

– J'avoue, je me sens bien la nuit.

– Le matin, c'est pour les fonctionnaires du stylo, les pisse-copie dans mon genre. Ce n'est pas péjoratif, mais chacun doit connaître sa place. Vous êtes en écriture, je crois, vous terminez un roman.

Selon sa bonne habitude, Aline s'était beaucoup avancée. Rien n'était trop beau pour moi.

– Un roman non, mais un ouvrage, disons… poétique.

Au moment de prononcer les mots recueil-de-poèmes-à-la-façon-des-Fleurs-du-mal, ma langue était partie sur autre chose. Ma langue se méfie de moi.

– Et vous avez récemment publié *Portrait d'un cri*, un témoignage bouleversant sur votre mère.

– Ce sont des alexandrins.

– Chez Gallimard ?

– La Caravelle.

– Connais pas. À compte d'auteur ?

– À peu près.

J'ai senti une goutte de sueur perler entre mes omoplates et se mettre à dévaler sur mon épine dorsale. Cette goutte de sueur avait tout d'une grosse larme.

– Je vous ai apporté ceci…

J'ai dit ça, pour que cette grenouille aux yeux exorbités cesse d'être aussi gênée que moi par la médiocrité de mes réponses. Cécile Ouizeau s'est emparé du classeur noir que je venais de poser sur sa table.

– Ce sont des manuscrits.

– Tout à fait, mes derniers alexandrins. Je crois beaucoup à l'alexandrin. On est très injuste avec lui, c'est l'avenir.

– C'est très intime tout ça.

– Je fréquente un philosophe russe, un descendant de Tolstoï, ils ont d'ailleurs le même prénom, Léon. C'est mon maître à rêver.

– À rêver.

– Oui, il est sans pitié. D'après lui rêver n'est pas donné à tout le monde. C'est un exercice épuisant.

Cécile Ouizeau s'est frotté les yeux.

– Hum je ne suis pas sûre d'arriver à lire, c'est écrit si petit. Et puis la poésie et moi.

Elle a refermé le classeur comme si j'avais essayé de l'intéresser à une revue porno. Puis elle a griffonné sur un Post-it rose qu'elle a poussé dans ma direction j'ai lu : 16.5.

16.5... Quel code était-ce là ? Quelle date ? Quel groupe sanguin ? Quel haïku de mathématicien paranoïaque ? Quel chiffre d'or de quelle mythologie dont j'allais devoir avouer que j'ignorais tout ?

– Ça va ?

J'ai peut-être acquiescé car elle a dit : « Tant mieux si ça va » ajoutant que de toute manière, pour le moment c'était à prendre ou à laisser. J'en ai déduit qu'il s'agissait des conditions financières de mon engagement. 16.5. 16 500 francs. Un salaire de P-DG. La somme la plus importante qu'on m'ait fait miroiter. Il était surprenant, pour ce prix-là, qu'elle ne désirât pas savoir de quelle grande école je sortais et ce qui me valait d'oser postuler un rôle à responsabilités dans leur luxueux journal.

Peu après François-Marie du Trieux m'annonçait que des feuilles de chou telles *Diapason*, *Le Monde de la musique*, *Panorama* piquaient du nez et qu'il se donnait un an pour les chasser des kiosques.

– Vous pensez quoi du nom de la revue ? C'est moi qui l'ai trouvé.

– *Mélomania* ? Excellent. Franchement, *Stéréobingo*, c'était minable, ça faisait boutique de hi-fi.

– Exact, ça fait hi-fi. C'est exactement ce que nous voulons. Un secteur de pointe, la hi-fi. Il en sera beaucoup question dans nos pages. Nous cherchons à toucher un large public, pas une misérable coterie de « mélomaniaques ».

– Désolé, je…

Il m'a tendu la main :

– Je pense que nous allons bien nous entendre, vous êtes impulsif. Aline m'avait prévenu que vous réagissiez au quart de tour. J'aimerais qu'on discute un peu boulot.

François-Marie du Trieux était le parfait jeune cadre dynamique, tout ce dont j'avais horreur, la cravate, le sourire, son bureau lui ressemblait. C'était une petite pièce badigeonnée de beige impersonnel avec une fenêtre de verre fumé qui donnait sur un parking. Je m'attendais à des affiches représentant des stars, divas et maestros échevelés, mais les murs étaient nus excepté une armoire de fer.

– En dehors de la musique, vous avez des passions ?

– Je fais du sport, je n'ai rien contre la poésie.

Il resta silencieux, les yeux au loin. Il n'était pas à son fauteuil mais assis d'une fesse sur son bureau mélaminé blanc, face à moi, le mocassin ballant, la socquette bordeaux mi-bas laissant voir la chair d'un mollet maigrichon.

– On n'est pas nombreux à l'aimer, la poésie. Elle file un bien mauvais coton. Ça me plaît que vous lisiez ça. Vous êtes plutôt Pernette du Guillet ou Louise Labé ?

Je connaissais vaguement Louise Labé. J'avais croisé son nom dans les anthologies du Moyen Âge.

– Surnommée « la belle Cordélia », dis-je.

– Pas du tout, « la belle Cordière », fille et femme de cordier qu'elle était. Qu'elle est d'ailleurs toujours, où qu'elle soit. Cordélia c'est Shakespeare… Et Pernette ?

– Je n'en suis pas fou.

Il hocha la tête.

– On préfère tous Louise Labé, sa liberté d'esprit, sa fougue déjà rimbaldienne, son mépris des convenances, et personnellement j'ai un faible pour Pernette et vous savez très bien pourquoi…

Il m'a regardé. J'étais perdu. Je l'étais bien plus encore lorsqu'il m'a dit pour me mettre sur la voie :

– Allons, Maurice Scève.

J'ai eu très chaud, soudain. Je me suis demandé si je n'allais pas tourner les talons ou pousser un cri.

Il a repris :

– C'est comme Ronsard et du Bellay. Dans le fond, le meilleur des deux n'est pas celui qu'on croit, on est d'accord. Pernette, avec sa fantastique retenue, cette passion pour Maurice que l'œuvre seule exprime, l'œuvre d'une vie, nous touche plus que la sulfureuse Lyonnaise.

Me voyant coi, il s'est ébroué, de nouveau sérieux, la mine sévère.

– Parlez-moi de votre expérience de l'équipe.

Elle était nulle. Bats-toi, m'avait dit Aline. Ne te laisse pas démonter.

– J'ai travaillé un moment pour Krivine.

Ça m'est venu : c'est sorti. C'était au-delà du mensonge, un baroud d'honneur.

– Le chef d'orchestre, excellent ! Les imprésarios connaissent les ficelles du métier. Vous organisiez ses tournées ?

– Je parle de l'homme politique, le candidat aux élections.

Il a grimacé :

– Le zozo vous voulez dire ? Le pitre de Ligue ouvrière, c'est une blague. Vous aviez besoin d'argent ou quoi ?

J'ai répondu, pour me battre, pour avoir des mots dans la bouche et non des larmes aux yeux :

– Ça m'intéressait, par rapport à l'antisémitisme.

Je n'avais pas fini ma phrase que François-Marie du Trieux, d'un regard lourd, me faisait comprendre qu'en dépit de toute l'amitié qu'il avait pour ma femme je lui faisais perdre son temps.

– Vous jouez d'un instrument ?

– Guitare et piano. En amateur.

– Des diplômes ?

– Rien de significatif.

J'ai quand même tenu à préciser, pour sauver la face :

– Yvonne Elern, c'était ma mère.

Il a haussé un sourcil :

– Plaît-il ?

– La pianiste…

– Votre mère joue du piano, c'est bien ça ?

Il me parlait comme à un petit garçon perdu.

J'ai répété stupidement.

– Yvonne Elern, oui…

Il a souri :

– Pascal-Marie du Trieux… fit-il du bout des dents, les yeux fixés sur moi avec une sympathie qu'il ne sortait plus d'un attaché-case. Le violoniste, c'est mon père, oui…

J'aurais pu dire : votre père joue du violon, c'est bien ça… mais j'y pense seulement maintenant.

Je suis resté pensif. Je maudissais Aline. J'aurais voulu que le sol s'ouvrît sous mes pieds. Je ne savais même pas comment j'allais trouver la force de quitter les lieux. Je n'étais plus là, mes souvenirs affluaient, tourbillonnaient, se déchiquetaient sous mes yeux, Trémazan, le grand piano noir, la mer au crépuscule, les robes de concert de maman jetées en vrac sur le sable, emportées au loin comme de vieux cerfs-volants.

– À propos d'Yvonne, dit François-Marie du Trieux, pigez-moi donc ça. Un feuillet et demi pour demain matin huit heures. Quelque chose de bien saignant. Et si ça me plaît je vous en donnerai d'autres. Deux cents francs le feuillet de quinze cents signes.

Il agitait comme un éventail un grand disque bleu ciel, L'Art de la fugue, de Bach par Yvonne Lefebvre, le nom me disait quelque chose.

– Ah vous écrivez ! Eh bien vous allez écrire, c'est plus noble que diriger une équipe.

L'air filou, comme si lui-même n'était qu'un pâle escroc ayant réussi à chausser en douce les bottillons du calife dont la dépouille ligotée pourrissait dans l'armoire :

– Ne soyez pas déçu, ce n'est qu'un début. Vous pouvez nous concocter aussi le baratin publicitaire du matériel hi-fi que nous serons amenés à tester. Je ne dis pas que c'est de la haute littérature, mais quand même, ça suppose de maîtriser les quelques mots-clés qui font mousser le schmilblick.

Il m'a collé le disque entre les mains.

– Mais voyons d'abord ce que vous avez dans les tripes. Flinguez-moi cette endive de Bach. Ras-le-bol de la grande musique, c'est pas vous qui me direz le contraire. Moi je pense à nos pauvres gosses, les jeunes de demain.

Il a tourné les yeux vers la sortie :

– Bon courage, Marc, et laissez tomber Krivine. Lisez plutôt Pernette du Guillet.

Je ne suis pas rentré chez moi. J'ai traîné dans les couloirs du métro toute la matinée. À midi j'ai pris deux Mars au distributeur. À quatorze heures j'étais boulevard de Sébastopol devant le cinéma Brady qui programmait deux films pour le prix d'un, *La Tarentule au ventre rose* et *Blanche-Neige et les sept nègres*. Interdits aux mineurs. L'Art de la fugue sur les genoux, je me suis assoupi au deuxième rang dans un fauteuil déglingué. À dix-sept heures j'entrais dans une cabine téléphonique et, le sang en ébullition, j'appelais Alba.

17.

POUR EN FINIR AVEC LA GRANDE MUSIQUE

Ce fut le nom de la chronique au vitriol qui fit accéder ma prose à la publication dans les pages glacées – glaçantes – du magazine hi-fi *Stéréobingo* (titre définitivement retenu par le comité de direction franco-italien).

Tennisman j'étais.

Chroniqueur musical je fus en octobre 1974.

Comme je l'appris un jour, de la bouche de Cécile Ouizeau, notre big boss François-Marie du Trieux, fils de Pascal-Marie du Trieux, premier violon à l'opéra de Lons-le-Saulnier, avait conçu dès l'enfance une telle haine pour son père qu'elle débordait à flots brûlants sur l'art, auquel ce brave interprète, il est vrai peu intéressé par son unique rejeton, avait consacré sa vie, vacances et week-ends inclus. Pour François-Marie du Trieux, tympan éclectique s'il en était, ouvert aux plus novatrices des harmonies anglo-saxonnes (Jimmy Hendrix en tête ou Deep Purple), la musique du passé, la grande, la classique, la bourgeoise, la chiante, antimusicale à force d'ennui prétentieux et de chichis sous les candélabres, méritait qu'on lui passe la corde au cou. Il est des cadavres qu'il faut qu'on retue. Pour un renégat, le boss connaissait les classiques. Avec moi, fils de musicien comme lui, complexé comme lui, au même diapason d'arrogance et de ressentiment, il dénichait son vengeur masqué, le zorro idéal pour servir ses plans dont l'objectif ultime, après la mise en pièces du répertoire classique, était de faire avaler son Guarnerius à l'auteur de ses jours. Enfin quelqu'un me trouvait du talent, croyait en moi, vibrionnait d'admiration en lisant mes sornettes au français approximatif, ou se tapait les cuisses de bonheur, un bonheur bête et méchant, comme si j'avais été Molière. On va se les payer, gloussait-il en donnant du poing sur ma copie, on va tous se les payer. Moi, il me paierait quand Turin voudrait bien débloquer les fonds baladeurs que Paris, Waduz, avaient d'abord filtrés.

J'avais carte blanche, carte noire, la jeunesse faisait bloc derrière nous. Mort aux vieilles queues de pie des orchestres bourgeois. J'étais libre mais la consigne était que les interprètes ne se relèvent pas d'avoir eu les honneurs de ma chronique, entre des pages d'une encre plus civilisée : « *Brigitte Bardot nous enchante avec son dernier tube : Je n'ai besoin de personne en Harley Davidson* », mais aussi « *La grâce retrouvée de Gérard Lenorman* ».

Pour en finir avec la grande musique

L'Art de la fugue par Yvonne Lefebvre, Polygram (75-France)

Yvonne Lefebvre, vous nous barbez. Bach sous vos doigts nous barbe, et nous barbe l'idée que des gens sérieux comme Fred Goldbeck (mais qui peut-il bien être pour vous dans l'intimité s'il vous plaît !...) vous aient confié l'enregistrement d'un disque aussi navrant. L'Art de la fugue ? D'accord, on prend la fuite, on n'en revient pas. Ce Bach est à la musique ce que le Nescafé est au café. Du Nesbach, en somme, de l'ersatz, du placebo. Le prochain coup n'oubliez pas l'eau chaude, ça craquera moins. Amis lecteurs, camarades musiciens, chers confrères écoutez-moi bien. Ce Nesbach, ou ce come-back d'Yvonne Lefebvre, constitue pour nous une provocation. Encore lui, encore elle. Et si nous portions plainte auprès d'un bureau chargé d'enrayer le terrorisme musical qui fait rage depuis que les vieux nantis s'imaginent débarrassés de mai 68. Gare à eux, une hirondelle peut en cacher une autre...

Pour en finir avec la grande musique

Herbert von Karajan au théâtre des Champs-Élysées le 6 novembre 1974

Il s'appelle Herbert von Karajan. Cherchez pas vous en avez entendu parler. Ce vieillard fut décou-

vert jeune homme, à Berlin, dans les années quarante. La mèche noire en travers du front (c'était la mode), il dirigeait l'orchestre national-socialiste bavarois, un brassard à croix rouge, rouge mais également gammée, sur sa manche brune. Depuis, il a fait du chemin. Non, il n'a pas suivi son maître sous les ruines fumantes de la capitale allemande, décédée en 1945. Monsieur Karajan pique toujours. Et preuve que piquer met du beurre où il faut (das ist gut), il possède un yacht somptueux sur la riviera française, l'Isarella, monté par un équipage de koukis de la plus pure blondeur hitlero-jungend. On ne se refait pas. D'où vient l'argent du joli bateau ? L'argent n'a pas d'odeur, mais quand il en a il en a, surtout quand il sent la fumée. Monsieur Karajan (Herbert von) sera à Paris le 6 novembre prochain, au théâtre des Champs-Élysées, pour une soirée exceptionnelle en faveur des bambinos affamés du Bangladesh, son péché mignon. À cette occasion, la Neuvième symphonie de son collègue Beethoven (Ludwig van) sera entendue, à défaut d'être écoutée pour la millionième fois depuis la pendaison de Rudolph Hess de passage à Nuremberg. On aimerait bien voir le chèque de défraiement dont va s'accompagner ce geste humanitaire bouleversant. Des larrons en foire, moi je vous le dis. C'est comme Rostropovitch, le violoniste au puissant menton. (C'est les dents qui l'ont poussé en avant.) Toujours face aux caméras quand il y a de nobles causes en péril, toujours dans les cagibis des coulisses pour compter ses dollars. Stéréobingo *se devait de signaler ce meeting pseudo-artistique au théâtre des*

Champs-Élysées. Ce soir-là au Palais des sports Charles Aznavour nous chantera La Bohème, *la sienne, mes cocos, la vraie, pas celle du lamentable Puccini qui fait se pâmer les brocanteurs et autres amateurs de vieilleries.*

Stéréobingo *vous annonce que…*

… L'orchestre philharmonique de Lyon, le 2 juillet 1974, s'est donné pour chef titulaire monsieur Emmanuel Krivine, cousin germain de cet Alain que nous appelons de nos vœux, avant que d'y mêler nos ardents suffrages, à la présidence de la République. Le jeune Emmanuel Krivine, dans les interviews qu'il daigne accorder, se laisse dire volontiers qu'il excelle dans le répertoire contemporain, son dada. Faire évoluer le goût du public dans le sens du futur, du génie moderne, est sa priorité, son point d'honneur. Stéréobingo *souhaite bonne chance à ce mustang qui, pour être grand, n'attend pas le nombre des années.*

Le jour où, par téléphone, j'eus lu ma première chronique au big boss, j'écrivis à Cathy. Elle m'avait prodigieusement agacé avec sa prose douce-amère du bimensuel catho dont la couverture montrait un rayon de soleil étalé comme une onction divine sur le front chauve d'une Africaine hilare en chaise roulante. J'étais humilié. Si quelqu'un devait prendre un jour la plume, dans cette famille, c'était moi. Maman, lorsqu'elle était tombée sur le début de mon quarantième ou cinquantième roman dont aucun n'avait franchi la hauteur d'une page, s'était écriée : mon chéri, tu es Montherlant !... Cathy avait recopié la moitié d'un paragraphe pour l'épingler au-dessus de son lit, que nul ne puisse plus venir la voir sans entendre ces mots : « Aujourd'hui je suis mort, ou peut-être hier, je ne sais plus. Il y a certainement quelqu'un qui m'a tué. Ah insensé qui crois que ce n'est pas toi... » Excepté « je suis », il n'y avait pas une syllabe de cet incipit qui fût mienne. À quatorze ans, c'est avec le plus grand sérieux que je m'estimais l'auteur à part entière de l'œuvre d'autrui, dès lors qu'elle avait pris ses quartiers dans ma mémoire. Quel meilleur moyen pour avoir du talent ! Et cet écrivain surdoué que maman n'avait pas manqué d'apercevoir en moi, voilà que la petite miro prétendait l'évincer. Elle avait besoin d'une leçon. On ne peut pas tout pardonner. Même à sa petite sœur. Même à une aveugle.

Je dis à Cathy que mon roman *Belle du fou* serait lancé par Gallimard après l'été, en vue du prix Goncourt. Que *Les Fleurs du haut mal*, cet hommage en alexandrins au plus grand des Charles était sous presse. Que j'avais sur concours obtenu une chronique exclusive à *Stéréobingo*, le magazine européen de la culture musicale, et je lui joignis les trois éreintements dont le big boss m'avait dit qu'ils réinventaient le genre de la critique, vidé de tout sens par les intrigants aux dents longues, et qu'ils seraient tous publiés dans le prochain numéro.

À l'avenir nous marcherions main dans la main.

Je dis à Cathy que je passerais dîner. Quand ? Demain. Bientôt. J'apporterai à manger. Ne prévoyez rien. N'en parle pas à papa. Il m'enverrait une lettre, et toujours la même chose, ta sœur, ta sœur, ta sœur. Ma toute petite sœur aux yeux vagues. Comme si j'avais besoin de papa, le bel absent, pour savoir que ma sœur, mon sosie comme elle disait autrefois en regardant les miroirs, en écoutant l'océan parlait tout seul dans les bigorneaux, ne peut pas aller bien si je vais mal, et si je vais mal loin du vieux bercail de la maison où nous avons grandi, planté des clous dans les murs, poser du papier peint représentant une kyrielle de navigateurs hollandais, le perroquet sur l'épaule, le calumet entre les dents. Elle est lourde à porter, cette maison, quand je n'y suis plus. Elle grince des dents, elle rouille, elle perd ses navigateurs hollandais, les perroquets pendouillent, les abat-jour gondolent autour des lampadaires et le piano, pas joué, figé sous la crasse et les glaïeuls racornis, fait penser à un animal mort. Comment s'habituer à cette maison, si pareille à la maison d'autrefois qui s'est écroulée pour toujours. Ma toute petite sœur, oserai-je t'avouer que j'ai compris ça dans mon coin, au fronton du tennis, les yeux fixés sur une balle blanche que je liftais contre un mur, le plus capricieux des points vivants, rien à voir avec celui que nous guettions dans le noir du tunnel quand l'autorail nous emmenait voir nos cousins Elern, à Versailles-Chantiers.

– Tu vois quoi ?

– Rien (c'est moi qui parle).

– C'est bleu, rien ?

– C'est noir.

– Noir dentifrice ?

– Noir mal aux dents, noir carie.

– Noir, moi, c'est olive, c'est miel, ça glisse.

– Ça glisse pas (c'est moi qui parle).

– Ça roule. Dis-moi quand c'est fini, quand ce n'est plus noir.

On avait le nez collé au verre sécurit de l'antre du conducteur, tout ça vibrait. On avait l'impression de piloter le Nautilus.

Je disais :

– Il y a des poissons-marteaux, des géants, avec des yeux comme des poêles à frire. Ils vont casser les carreaux et on mourra noyés.

– Des poissons, dans un tunnel.

– Ferme les yeux, miro, imagine les poissons-marteaux.

– Pourquoi j'imaginerais des poissons dans un autorail qui nous emmène à Versailles-Chantiers ?

– Peut-être qu'ils ont bouché la sortie du tunnel. Peut-être qu'ils ont greffé un autre tunnel sur le premier tunnel et qu'on tourne en rond dans un anneau souterrain.

– Piqueur de phrase ! C'est moi qui dis ça. C'est moi qui tourne en rond sous la terre.

– Toi tu comptes pour du beurre.

– Ça fond, ça glisse, le beurre, c'est rouge sang.

– Ça y est, il y a un point.

– Pas vrai.

– Si je te le dis !

– Ah oui, et pourquoi je ne le vois pas ?

– Parce que tu es nase, ma pauvre vieille, parce que tu es une petite vieille qui ne peut pas faire un pas sans t'accrocher à moi. Allez, donne-moi ta main.

Je t'attrapais l'index et je posais le bout sur le carreau sécurit, là où brillait comme une prunelle de rien du tout l'extrémité des ténèbres.

– Alors, tu le vois ? Tu le sens ?

– Ça glisse.

– C'est de la transpiration, appuie fort.

Je te pinçais l'index.

– Tu m'as fait mal !

– Menteuse, c'est pas moi. C'est le petit crabe composteur du tunnel. Il te pince les doigts à la sortie, ça veut dire qu'il fait soleil.

Il faisait soleil couchant, il faisait pluie, il faisait neige ou nuit tombée, il faisait n'importe quoi, il faisait ce chien et loup du fond des remblais où le gris se mélange au cacao, c'était beaucoup pour toi, ma biglouche d'amour, et ça sentait la menthe invariablement dès qu'on émergeait à ciel ouvert.

J'ai compris en jouant au tennis que cette énorme religion boursouflée, dégoulinante d'or et de sang, gavée d'agneaux si doux, de muscat, de pinard en vrac, les quatre fers en l'air au milieu des poissons multipliés, c'était bon pour en bas, pas pour en haut. En haut ça ne sert plus à rien, les poissons, les petits pains, les paralytiques à tire d'aile. En haut on n'a plus faim, plus soif, plus besoin de philosopher avec son voisin, d'y voir clair, d'avoir mal ou d'aller mieux. En haut, il n'y a ni haut ni bas. Aucune montagne à soulever, aucun océan à vider avec un dé à coudre percé. La résurrection c'est en bas, quand on vient au monde pour une fois, une seule toute petite fois.

Voilà, sœurette, *adios*, à demain, à bientôt. J'ai lu tes humeurs du jour dans *J'éclaire*. J'éclaire… Une miro, franchement. C'est peut-être mieux que rien. Tu bosses, tu cachetonnes. Au départ tu voulais enquêter, aller dans les banlieues, en province interroger les handicapés sur leur façon de vivre la déficience. Jouer les Ménie Grégoire à *J'éclaire*, ce n'est pas très glorieux. On va dire que c'est provisoire. Une aveugle en guise d'éclaireuse, ça prête à sourire, et je ne veux pas qu'on se moque de toi. Quant à moi, sache que je n'ai accepté cette chronique à *Stéréobingo* que pour venger maman. Trop souvent nous avons eu le sentiment que des solistes moins doués avaient fait carrière et qu'elle en souffrait. Je vais leur dire ma façon de penser, réparer l'injustice. Je vais cogner sur les faiseurs.

J'allais finir cette lettre avec de bons baisers quand Aline est arrivée à pas de loup.

– À qui tu écris ?

– À personne, je travaille.

Elle s'est penchée sur la Jappy.

– Tu mens ? Tu écris à ta sœur dans mon dos.

– Dans mon roman, pas dans ton dos. Un frère écrit à sa sœur. C'est interdit ?

– Tout est louche avec toi.

Il était midi. D'ordinaire elle déjeunait au quai d'Orsay. Quand elle repassait à la maison, elle appelait. Si maintenant je lui demandais ce qu'elle fichait là, elle y verrait du mauvais esprit. Si je ne lui demandais pas, elle me taxerait d'hypocrisie. Si je lui disais : quel bon vent ?… Je serais un ironique, un cynique, un salaud.

– Toi, j'ai dit, tu as oublié quelque chose à la maison.

– Quelque chose d'important.

– J'aurais pu te l'apporter en mobe.

– J'ai oublié d'être conne, ça te va ?

– Ça s'oublie, ces choses-là ?

Elle était les bras croisés, le jean moulant, le blouson aviateur zippé jusqu'au gosier, deux tours de soie blanche autour du cou. On aurait dit qu'il faisait un froid polaire dans la pièce. Elle se taisait, envahissante, reniflante, prête à tourner violemment les talons.

– Si vous avez des projets, je veux le savoir immédiatement. Je n'ai pas l'intention d'attendre comme une idiote… Après tout ce que j'ai fait pour toi.

J'ai failli rétorquer : chacun sa porte et son midi, ma vieille. Tu vis avec un jeune homme et c'est la seule transfusion qui te garde les pieds sur terre, on est quittes.

– Si nous avons des projets ? On dirait un banquier qui veut placer un crédit.

– Tu as une double vie, Marc.

– J'ai vingt-trois ans, je suis beaucoup trop jeune pour me dédoubler. J'ai déjà du mal à avoir une seule vie.

– J'exige la vérité sur-le-champ. Je ne sortirai pas d'ici avant que tu aies parlé.

– Que dirais-tu du sonnet d'Arvers, on n'y pense plus jamais.

– Fais le singe, a soufflé Aline.

Elle a dézippé son blouson, mis la main dans la poche intérieure, ressorti sa main, laissé baller son bras, une lame a jailli. Tiens, mon cran d'arrêt. Mon eustache à moi. Je croyais qu'elle l'avait noyé.

– Qui sait où je vais le planter, elle a dit d'un ton froid, la bouche exsangue, les yeux partout. Je ne sais pas encore où, mais je vais le planter. Rends-moi folle et tu en auras pour ton argent. Récite-le, ton sonnet d'Arvers, vas-y, ça nous changera de tes nouilleries télégraphiques…

– C'est mon schlass.

– C'est ma vie.

– Et maintenant que tu es enceinte, elle est double, ta vie. Tu as une double vie.

J'ai vu passer des mots à la queue leu leu : *mon âme a son secret, mon cœur a son mystère, un amour éternel en un moment conçu…* Et je brûlais d'abandonner cette chanson muette à mes cordes vocales.

– Tu me fais trop souffrir.

– Qu'est-ce qui t'arrive, bébé ?

– Tu n'es plus le même depuis qu'elle a appelé.

– C'était une erreur de sa part, une erreur de jeunesse, sa mère lui manquait. Ça m'arrive, des fois, et je ne peux même pas téléphoner.

– Fous-toi de ma gueule, tout ce qui porte jupon est une maman pour toi, tu es le fils de toutes les salopes que tu veux sauter.

– Doucement, bébé, tu t'emballes…

Je voyais briller le couteau, elle le serrait très fort, ses phalanges blanchissaient.

– … C'est ta fille après tout.

On m'avait prévenu. Tu verras un jour. La mère et la fille, tu verras quand elles s'y mettent. Tu verras flamber la haine. N'essaie jamais d'éteindre le feu, d'être plus fort que le feu dont elles se régalent mutuellement. Sauve-toi. Tu verras quand elles font couple et qu'il n'existe plus rien autour, et que se déchirer sous tes yeux devient le but primordial de leur vie.

Cette femme qui déchire son mari déchire en vérité sa mère. Ce mari qu'elle fouille à corps, qu'elle bat, qu'elle réveille la nuit, c'est l'invincible maman dont la mort, un jour, lui arrachera des larmes de sang. Inconsolable après la mort de maman, déchirée, tu verras. Un autre monde qu'une mère et son fils. Tu n'y comprendras rien, n'y touche pas.

– Lâche ce couteau, bébé.

– Lâche, tu as bien raison, connard… Un bébé j'en porte un, tu veux le voir ?

Elle a soulevé son pull, j'ai vu palpiter sa peau mate, son nombril. Elle exhibait nombril et couteau. Elle se disait : il balise, il se demande bien de quoi je suis capable dans l'état où je suis. Elle se disait qu'elle était capable de tout, d'une belle scène de théâtre ou d'un fait divers qui verrait défiler flics et pompiers chez nous. Elle se disait qu'elle pouvait m'envoyer en taule au premier mot qui sonnerait faux, et que le danger de mort lui faisait moins peur qu'à moi. Petit bourgeois, minable, la peur de la mort, kitsch à souhait. Elle se disait : quel petit bourgeois j'ai recueilli, placé devant une machine à écrire où les plus forcenés des militants ont raconté la torture, en le persuadant qu'il les valait tous, qu'il était torturé, lui, par le génie.

Un ventre d'adolescente, un regard de vieille mégère écœurée, aspirant mon regard où se réfléchissaient ventre et couteau. J'étais à l'étroit dans ma peau, je commençais à suer.

– J'aimerais te prendre dans mes bras, bébé, te parler joue contre joue.

Elle a tordu sa bouche :

– Toi, parler !... Pour toi, parler c'est mentir. Aimer c'est tromper...

– ... Souffler n'est pas jouer, mentir c'est pourrir un peu, ça va comme ça, bébé. Mettons les choses au point. Arrête de jouer avec ce cran d'arrêt, tu vas finir par l'esquinter.

– Tu donnerais cher pour savoir si l'on sortira vivants d'ici, trouillard !

– J'aimerais seulement t'avoir dans mes bras. Garde ce couteau si tu veux, je n'en ai pas l'usage.

– Moi si... À ton avis, c'est toi que je veux percer ?

Elle voulait faire une connerie, ça lui démangeait d'aller plus loin. Elle tenait le cran d'arrêt comme un vrai tueur, pour frapper de bas en haut, le pouce calé derrière la lame.

– D'accord, je vais tout t'avouer.

– Vous avez pris vos billets d'avion ? Vous partez quand ? Quel aéroport ? Vous allez où ?

– Nulle part, j'avoue. Je ne l'ai d'ailleurs jamais revue.

Elle a tressailli :

– Tu vois de qui je parle, alors.

– Je suppose que oui.

Elle a fait un pas vers moi, l'œil vide, écarquillé :

– Ne prononce pas son nom ou tu es mort… Alors comme ça tu penses à elle, tu en es dingue, tu l'as toujours aimée. Je suis un obstacle pour vous deux, votre amour, mes cocos chéris…

Sa voix s'était mise à délirer, une voix d'asile, une voix de chérubin sous camisole. Je me suis dit qu'elle n'avait pas fini, qu'elle allait continuer à chantonner, ululer qu'elle ne voulait pas être un obstacle à notre amour, pas une seconde de plus.

J'ai hurlé :

– Ferme-la ! Je ne l'ai jamais revue. Je ne la reverrai jamais. Je m'en fous comme d'une chaussette. Tu es enceinte, alors ne viens pas tout gâcher avec ton putain d'orgueil de maman frustrée. Tu la hais, je ne l'aime pas, ça te va ? Si maintenant je ne peux plus écrire à une aveugle sans que tu sortes un couteau, je pense qu'il vaut mieux renoncer jusqu'aux petites cuillères, ici, et manger avec nos mains. La prochaine fois tu n'auras qu'à m'étrangler.

Les doigts tremblants je me suis remis au clavier. Ma sœurette, j'ai écrit. J'aimerais tant bavarder avec toi de la pluie et du beau temps, du meilleur et du pire, du sel et du poivre, de la figue et du chocolat, des cerises et du clafoutis, du poisson rouge et du camembert de maître corbeau, de l'arbre perché, nous n'irons plus au bois, sœurette, mais je sais que tu n'as pas toujours de lecteur à portée de main et que tu es impatiente d'écouter sonner sur tes joues bien fraîches de rosée du matin les bons baisers d'un grand frère qui…

Le bruit du couteau tombant sur le plancher, des pas qui s'éloignent…

– N'oublie pas l'échographie ce soir, a dit Aline d'une voix claire. Il y a des tickets de métro sur la balance de la cuisine.

Je l'ai vue passer dans le jardin sous l'acacia qui perdait ses feuilles, je l'ai vue rezipper son blouson, enfourcher sa bicyclette.

J'ai ouvert la fenêtre et crié :

– Tu ne m'as jamais trompé ?

Sans se retourner, elle a agité la main en l'air comme si j'étais fou, et que les plus heureux nous le serions toujours.

Le portail a claqué. Je suis resté un bon moment au balcon à regarder les feuilles choir sur le gravier. Le soir j'avais rendez-vous à Montparnasse avec Alba. Je n'allais pas rater ça.

18.

Vous savez ce que c'est, un rendez-vous, quand on l'attend depuis des années. On a déjà tout filmé dans sa tête. On l'a répété comme une scène de théâtre, on a fait sonner chaque réplique, envisagé toutes les questions qui pourraient se présenter, mis au point toutes les réponses. On a rendez-vous, on est un autre homme, il y a du salut dans l'air, de la rédemption. Parc Montsouris devant les cygnes, avait dit Alba, viens seul. Et toi viens en pyjama rose corail, m'étais-je dit, vert citron. Viens avec tes seins, tes balancements, tes sourires, tes mains douces, ta chevelure de plein Midi, tes yeux d'horizon, tes lèvres d'amour fou, venez tous. C'était vague les cygnes du parc Montsouris, comme un rendez-vous sur un nuage. Elle avait soufflé : d'ici-là tu n'appelles plus… J'avais pris des croûtons pour attirer les oiseaux blancs.

Des croûtons, mais pas un sou. J'avais grandi sous le signe de l'argent manquant. Nous n'avons pas d'argent, disait maman. Nous en avons un peu. Nous avons des murs, mais pas d'argent. Des murs, des maisons. C'est une année de vaches maigres, les enfants, doucement sur le beurre. Elle prenait les billets des achats quotidiens dans une soupière chinoise où ricanait un dragon vert. Il ricanait sur le couvercle, il ricanait sur les flancs. À quelques centimètres de là, sa table parsemée de cailloux à hiéroglyphes, mon père travaillait comme un forcené. Il gagnait l'argent que maman économisait sou à sou. Elle s'achetait des patrons en papier de riz pour se confectionner le dernier tailleur de Grace Kelly gravissant les marches du Palais des glaces. Elle me tricotait les gilets du petit lord Fauntleroy. Pour la petite miro, quand même, on allait chez Tante Châton, la boutique la plus classe du boulevard et, contre un chèque vieux rose, elle emportait le chemisier arachnéen exposé dans la vitrine, étalé sur une luge tyrolienne au milieu des flocons artificiels. C'est une fille, disait maman qui déraillait après un tel sacrilège, ça change tout. Elle se trouve moche, grosse, bête, elle s'ennuie, je vous aime tant… Pour la miro, maman donnait l'impression qu'elle faisait danser l'anse du panier en cachette de papa. Demandez-moi tout ce que vous voulez mais pas d'argent. Que votre père ait un jour mal à la tête ou qu'on lui préfère un autre égyptologue, ou que le public se désintéresse des vestiges, et nous serions dans de beaux draps. On vivait l'angoisse au ventre, et souvent j'allais jeter un œil dans la soupière chinoise, l'antre des billets gagnés sur le dos parfumé des pharaons ou celui flagellé, sanglant, des casseurs de pierre. Je regardais l'argent dormir. Il y en avait beaucoup, il dormait bien. Nous étions dans de beaux draps et le dragon ricanait en couvant cette liasse énorme. On n'y touche pas : on est riches. On y touche : on est à la rue. Que faire ? Taper les copains. J'allais voir Tim, le friqué du deuxième étage. Ce n'était pas une soupière qu'ils utilisaient pour garder l'argent, chez eux, mais probablement leur Frigidaire, un ustensile américain rouge avec une poignée comme un bras d'honneur. On disait à la maison que l'ostéopathe roulait sur l'or. Qu'elle tarifait les actes à la tête du client, toujours prêt à payer pour ressortir du cabinet moins tordu par la douleur et moins contrefait qu'il n'y était entré. On disait qu'elle avait un trésor de guerre à la Pacific Bank, un magot provenant des tanneries d'alligators mises en gérance après la mort de son frère. On se demandait combien d'alligators il fallait tanner pour s'enrichir. On lançait des chiffres mirobolants dont aucun ne semblait exagéré, vu les deux voitures de l'ostéopathe et la DS abandonnée au parking, vu les bijoux qu'elle arborait, vu son appartement, ses tapis superposés, ses meubles, ses appareils électroménagers, vu les deux chambres de Tim, soixante mètres carrés d'un fouillis croupissant qui avaient imité plusieurs décors de westerns, puis l'appartement de Sherlock Holmes à Baker Street, la chambre-bureau du capitaine Crochet et, pour finir, celle du capitaine Nemo, avec l'orgue baroque et la pieuvre pâmée derrière le hublot démesuré, un trompe-l'œil créé par un artiste japonais disciple de Dali. Emprunter de l'argent à Tim ne me donnait jamais mauvaise conscience. Et d'ailleurs il n'était pas peu fier de me dépanner. En contrepartie je devais l'écouter palabrer sur Marx, l'homme qui avait tout compris à l'histoire humaine, à la manière dont quelques-uns s'arrangent pour que les autres n'accèdent jamais à la possession de rien, réduits à l'indignité s'ils ne travaillent pas. Curieux discours de la part d'un garçon qui rejoindrait bientôt le clan des nantis, des pharaons. Un jour il me dit, considérant le billet qu'il m'avait prêté : « C'est quoi l'argent, pour toi ? » Je répondis la vérité : « Un bon resto avec une fille bien roulée. C'est pour que le moment continue. » « Moi c'est pareil, dit-il. J'aime l'argent pour le dépenser. Je ne suis pas sûr qu'on ait raison. Je parie même qu'on a tort. Je parie que toi et moi, autant l'un que l'autre, nous sommes condamnés à ne jamais savoir ce qu'est vraiment l'argent. Puisse le ciel nous en accorder assez pour que les hommes ne nous fassent pas un jour payer très cher notre ignorance à l'égard du fric, leur invention préférée… » Ces pensées m'avaient agité quelques minutes avant de partir au rendez-vous d'Alba, alors que je cherchais désespérément dans la maison une soupière, une théière, une boîte à double fond, un cochon bleu pâle, un tiroir à fric, de quoi payer une pizza, un bol de riz, un moment que la nuit continuerait jusqu'au matin. Je serais rentré à pied en sifflotant ma bonne chance.

Il y avait deux tickets de métro sur le plateau de la balance. Et de fric nulle part, dans aucune poche.

À trois heures de l'après-midi j'étais au parc Montsouris, lisant *La Farce électorale* de Krivine au bord de l'étang gris fer dont les oiseaux, cygnes et canards, mais aussi piafs, pigeons, goélands, ne préféraient aucun des points cardinaux, rappliquant là où les bonnes âmes se sentaient bonifiées par le pique-nique de pain rassis qu'elles émiettaient à la ronde. Les humains vous déçoivent, on nourrit les oiseaux. On n'est jamais déçu par les oiseaux, par les poissons rouges. Le peu que vous avez à donner leur suffit. Les humains vous leur donnez tout jusqu'au fond du cœur, ils vous piétinent, ils ne sont plus que rage. Allez trouver un oiseau qui vous haïsse…

Avant de quitter la maison, j'avais laissé un mot sur la balance, lequel m'ouvrait un boulevard de liberté :

Après ce genre de scène stupide et méchante, tu ne m'en voudras pas si j'ai besoin de prendre l'air sans toi. Profites-en pour réfléchir à ce que tu souhaites vraiment, c'est peut-être toi qui n'es plus la même depuis ce coup de fil qui m'est bien égal. Crois-moi quand je te jure que je ne l'ai jamais revue. Je vous embrasse, ton ventre et toi. Je regrette que le minimousse ait entendu sa mère menacer de mettre fin à ses jours qui sont d'ailleurs les siens…

Un bébé… On y était. Plus moyen de reculer, de dire non, je me suis trompé, je n'y tiens pas, c'est toi mon plus doux bébé, c'est nous, tétons-nous, suçons-nous, qu'il nous laisse en paix. Ce bébé me donnait un coup de vieux. Il m'appellerait papa, il appellerait papa grand-père, la miro ma tante ou tatie, et maman il ne l'appellerait jamais. Ce bébé ferait de maman quelqu'un d'ancien qui pourrait aussi bien n'avoir jamais existé. Quand il verrait sa photo sur le piano il ne verrait qu'une photo, une image plastifiée, un visage indemne et souriant. C'est égoïste, un bébé, ça tue les gens qui sont déjà morts, ça les rend plus morts qu'ils n'étaient. C'est l'avenir, un bébé, les autres ne comptent pas, ceux qui sont tombés malades, ceux qui n'ont plus la force de venir, la force de rien. J'en avais la chair de poule en y pensant. Eh bébé, casse-toi s'il te plaît, de l'air… J'étais malhonnête, j'avoue. Qu'est-ce que je n'avais pas raconté les premiers temps qu'on s'était connus, Aline et moi : « J'en veux plein, je veux que ça grouille, fille ou garçon je m'en fiche, j'aimerais qu'on ait toujours un de ces petits mouflets en route… »

Ça chiale, ça chie, ça fait chier. Pas de bébé.

Plus tard, très vieux, je viendrai balancer des croûtons aux cygnes. Et je parlerai tout seul à des gens que personne n'aura connus. Dans les nuages, un bébé qui ne sera jamais né se demandera bien pourquoi c'est aux cygnes que je donne à manger, à vivre. Je nourris les morts, tout simplement. Des êtres réincarnés. Reste là-haut, petit, tu n'y comprends rien. Toi tu voudrais les supplanter.

Aline me répondait : plus d'enfant, plus jamais, j'ai trop souffert avec Alba.

Aline m'avait dit bientôt : j'ai réfléchi, le plus gros bébé par amour pour toi. Je veux être la mère de ton fils.

De ma fille ?

Ma nature veut un fils de toi, c'est un fils qu'elle nous donnera.

Je gambergeais sur le banc. J'en oubliais Krivine et ses ouvriers dans la dèche. Fut un moment où j'eus l'impression d'attendre depuis toujours, d'être né dans l'attente d'une retrouvaille avec une petite amie qui n'arriverait jamais, comme à seize ans quand je rejoignais Edwige, au milieu du pont Mirabeau, pour lui rouler une ou deux pelles à la sauvette, lui palper la cage thoracique à travers plusieurs épaisseurs de tissu british.

Alba fut là, aussi naturelle que si nous nous étions quittés la veille. J'avais eu trois heures pour savoir où j'en étais vis-à-vis d'elle, de mes sentiments qui remontaient à l'année du bac, un moment difficile où je serais tombé amoureux d'un chat coiffé d'un béret. Tiens, l'examinatrice de français, j'avais manqué fondre en larmes en lui parlant. Elle ressemblait à maman, cheveux noirs, dents blanches, ses mains embaumaient la Gitane. On part en voyage quand on perd sa mère au détour d'une minute ordinaire et tous les moyens sont bons pour la retrouver. On s'attache à n'importe qui. On lui dit qu'on l'aime et qu'on avait l'âme errante, qu'elle n'erre plus. Pour moi c'était fini, Alba, les pyjamas dans la nuit, boulevard Raspail, grossis par une jumelle marine aux objectifs éraillés. On pouvait dire au mieux que j'avais eu un faible certain pour des pyjamas fantaisie mais que les membres qui les animaient ne s'étaient jamais enlacés aux miens. Il n'y avait pas eu contact entre les corps ni ces baisers miraculeux plus difficiles à oublier, parfois, que les orgasmes du septième ciel. Il n'y avait pas eu d'amour entre nous. Peut-être un moment d'illusion. Depuis j'avais connu Aline, mon grand amour. Je ne voulais pas la tromper. Sa fille, en plus, dans ce climat de haine… C'est la curiosité qui m'aiguillonnait aujourd'hui et peut-être un obscur désir de vengeance, allez savoir…

– Marc…

Une seconde, s'il vous plaît, je vous la décris. Elle est en trench-coat, les mains dans les poches, un peu rouge, des boutons sur la joue gauche, les cheveux relevés en chignon. Elle a dû repenser à sa mère avant de venir ici, sa bonne humeur semble forcée.

– Marc, ça va ?

– Tu n'as pas changé.

Elle s'est assise à côté de moi, le regard au loin. Nous sommes ensemble au bord de l'eau. La dernière fois c'était l'océan. La dernière fois le bleu vivait sur nos corps nus au sortir de la mer, Alba rayonnait, j'aurais pu dénombrer les gouttes de cristal restées accrochées à sa toison.

– Au fait, tu ne m'as pas répondu.

– Je suis là, ça revient au même.

– Tu n'as pas pris ma lettre au sérieux, sinon tu aurais répondu.

– Les moutons qui bêlent à mort, tes fables sucrées ?

– C'est une histoire que maman me racontait dans mon lit quand j'étais petite. Tu lui as montré ma lettre ?

– Il fallait ?

– J'aurais aimé. Pourquoi tu n'as pas répondu ? Tu ne voulais plus jouer avec moi ?

– Où voulais-tu que j'écrive ?

– La sacoche, tu le sais très bien. Tu n'as pas eu confiance en moi.

Je n'en crois pas mes oreilles, elle est sincèrement fâchée.

– Confiance, j'ai dit, tu parles de confiance ? Toi ?…

J'en ris nerveusement.

– Ça n'a plus aucune importance et je suis content que tu sois là…

J'ai failli préciser : que tu sois là moins jolie qu'autrefois, le chignon de traviole, les traits tirés. C'est gentil à toi d'avoir laissé ton sex-appeal à la maison, je ne sais où. Tu te rappelles quand tu m'as fait cinq prises de sang coup sur coup ? Ta blouse bâillait, tes lèvres bâillaient, tu me soufflais à la figure et pour tout l'or du monde je n'aurais pas tourné de l'œil. On entendait le sang tictaquer sur le lino. Je me baladais entre ciel et terre, agrippé désespérément à cette épithète : « rêveur », c'est ça, « rêveur », tes yeux d'un bleu rêveur. Je m'étais amouraché d'une fille aux yeux rêveurs…

– Mon pauvre Marc, tu n'as aucune mémoire.

– Désolé, mais je me rappelle tout, c'est mon drame.

– Alors souviens-toi, au dispensaire, tu allais t'évanouir. Tu as dit : je suis sur un nuage tout rose et ça m'a fait penser à l'histoire de maman avec les moutons bleus. Et ça tout le monde t'a entendu, moi, ta sœur, l'infirmière-chef, tu n'avais même pas l'air de délirer et juste après, boum, dans les pommes. Elles étaient comment les pommes ?

– Acides… Tu ne m'as jamais raconté ça.

– Une bonne dizaine de fois. C'était un mot de passe entre nous, le mouton bleu. Tu m'appelais ton mouton bleu…

– … Et toi mon éléphant rose, mon petit ange vert, et de grands diables poilus aux yeux brillants planquaient des champignons dans leur guitare.

Un cygne est sorti du lac. Il s'est dandiné vers nous. Le temps d'une persistance rétinienne je l'ai vu rose, je l'ai vu bleu, j'ai pensé à Cathy. Les mots qu'elle préfère sont d'Apollinaire, un vers cousu au fil d'or sur du drap noir : *Du rouge au vert tout le jaune se meurt quand chantent les aras*… Par association d'idées je me suis félicité de ne pas avoir posté ma lettre. Je lui enverrais demain le mot suivant : *Je viens de penser à toi, sœurette, en croisant le regard d'un cygne aux ailes rognées. Du rose au bleu tout le désir se meurt… Désir d'être avec toi, dans ton passé, dans notre histoire, notre suite, comment va papa ? Toujours amoureux ?*… ça m'a fait chaud aux yeux, soudain, ce passé qu'on dit passé, cet avenir qui n'est vrai qu'une fois venu, passé, ce maintenant qui nous tire un tapis crevé sous les pieds. Où donc se cache le temps, si temps il y a ?

– Et à part ça ?

– À part ça quoi ?

– À part ça toi, nous ?

– Ma mère me manque.

– Ta mère te manque ?

– Oui.

– Je croyais que c'était moi.

– Ma mère me manque terriblement.

C'est Alba que le cygne reluquait. Ça m'a horripilé. Je lui ai lancé un ticket de métro dans les pattes. Il n'a rien vu, l'imbécile, ou il a fait semblant. Il ne m'avait guère à la bonne, celui-là. Il paraît qu'ils se fient à l'odeur.

Mes amis les cygnes. Aucun d'entre vous n'a jamais vu sur un piano noir un cygne blanc perché. Moi oui, dans un îlot du Morbihan sud, un soir d'août. Le Pleyel est en haut d'une cale de granit en pente, et le bateau qui vient d'accoster pour le décharger s'éloigne du bord. Un cygne et même deux, arrivés du cœur de la nuit, de la mer. Si limpide est le silence autour de nous qu'on les entend respirer. Le piano n'est pas noir il est laqué blanc mais dans la nuit tombante, avec ce ruban d'horizon violet comme oublié par le soleil, il est plus noir que noir. Debout sur le Pleyel, mes deux cygnes trouvent le moyen de se détacher en grand parmi les constellations. De profil, fumant sa Gitane en douceur, ombre chinoise, c'est maman. À quoi pense-t-elle ?… À quoi penses-tu, maman, ce soir-là, dans cette île heureuse, quelques jours avant d'être admise à l'hôpital une dernière fois ? Je pensais guérir. Je disais Guérissez-moi, mes enfants ne me pardonneront jamais d'être partie. J'étais sûre de guérir, de mourir, d'être avec vous tous, j'étais perdue, j'avais mal en cachette, je vivais mon histoire en cachette, j'avais honte. Vous m'en vouliez d'aller mal, je vous en voulais d'être loin, de plus en plus loin, pourtant c'était moi qui partais. Je n'étais même plus votre mère, je sais, la douleur m'absorbait, me voulait tout à elle, c'est une amante inflexible, une ogresse…

Alba s'est levée, le cygne l'a suivie au bord du lac. Elle avait toujours les mains dans les poches de sa gabardine, un frichtis de mèches blondes voletait sur sa nuque.

– Réponds à cette question, Marc, ne te dérobe pas. C'est important pour moi.

Elle avait une note désespérée dans la voix.

– Je n'ai voulu te revoir que pour te poser cette question. Est-ce que maman est enceinte ?

Mon cœur s'est arrêté. Je me suis rappelé la séance d'imagerie magnétique du boulevard Brune. Pour l'instant je n'étais pas en retard, si peu. Les minutes s'accumulant, mon retard ferait de moi un déserteur. Quand je rentrerais à Montrouge ce serait pour trouver mes affaires jetées en vrac sur le trottoir.

– Est-ce que ta mère est enceinte ?… Qu'est-ce que j'en sais, moi ?…

J'étais éberlué par cette question, pile en ce moment, je disais n'importe quoi, Alba me faisait l'effet du diable en personne.

– Tu couches avec elle, non ? Tu es bien placé pour être au courant.

Elle parlait en direction du lac, j'avais l'impression qu'elle me fixait des yeux, là-bas, que je n'étais pas derrière elle mais sur la rive opposée.

Le cygne m'a regardé. C'est à la fois minuscule et terrifiant, un œil de cygne. C'est une miette de lune, un petit bout de lorgnette où il suffirait de coller son œil pour voir bouger la roue du futur.

– Elle a une fille, toi. Elle ne veut plus d'enfant. Sans compter qu'elle vieillit.

– Et toi ?

– Moi aussi je vieillis.

– Tu veux un enfant ?

Sept à huit centimètres, avait dit Aline, le format d'une sardine. Est-ce que ça présente le moindre intérêt, regarder un poisson d'avril nager dans le ventre maternel ?

– Ça viendra sûrement. J'ai besoin de quelqu'un à qui léguer ma fortune.

Elle a pivoté sur ses talons. Bien joué le coup des larmes. Elle en avait plein les joues. Une fille pleure, on la prend dans ses bras. J'y suis allé mais elle m'a repoussé.

– Comment oses-tu me toucher ?... Comment oses-tu après ce que tu m'as fait ?

On aurait dit sa mère.

– Je n'ai pas fait grand-chose, si tu veux mon avis. J'aurais aimé faire beaucoup plus si tu m'en avais donné l'occasion, j'y ai beaucoup pensé. Ah dans un autre temps, je ne dis pas, c'est peut-être à toi que j'aurais désiré faire un bébé.

– Parce que tu l'as fait ?

– C'est une image...

Ah lala, son parfum, ce parfum chavirant d'Alba qu'on ne peut décrire et qui lui va comme la lumière du soleil aux coquelicots. On dirait qu'elle vient de se rouler nue dans les foins ou dans les vagues et qu'elle en a la peau marquée pour toujours, baignée d'un halo d'iode et de menthe.

– Me tromper avec maman !… Coucher avec ma mère, ma propre mère, le soir même où nous devions passer la nuit ensemble, c'est immonde ! À part ça tu ne m'as rien fait ?

Elle avait crié. À ces mots le cygne a battu des ailes et s'est laissé glisser dans l'étang.

– Pas ta mère, Alba, rappelle-toi. Ta mère a pris feu dans une bagnole accidentée sur la nationale. Ta mère n'existait pas quand je t'ai rencontrée. Et pas davantage quand tu m'as emmené à l'océan. C'est ton gentil papa chez qui tu allais dîner à Montrouge, le soir où tu m'as plaqué.

Elle ne s'est pas démontée, elle a froncé les sourcils, l'air d'une âme en peine.

– J'étais jalouse, excuse-moi… Je prévoyais la suite… Je connais maman mieux que toi… Elle n'a jamais pu voir un de mes petits amis sans essayer de me le piquer… C'est une maladie chez elle.

Elle m'a regardé, puis elle a dit :

– Maman n'est pas simplement passionnée, elle est malade… Tu vis, tu couches avec une malade, une folle… Pourquoi crois-tu qu'elle fait ce métier à la con ?

Aline m'avait installé un bureau dans les combles et nous l'avions repeint ensemble. La pièce de l'artiste un peu zinzin, du versificateur de génie. Nous étions allés choisir une table à tréteaux chromés chez Habitat, une lampe halogène anodisée noir, avec rhéostat, digne d'un pédégé, le fauteuil ergonomique à bascule dit Mermoz, comme si ce fou volant avait pu franchir l'Atlantique en 1927 assis sur autre chose qu'un bidet fourré de crin. Aline m'avait toujours bichonné, logé-nourri comme un petit pacha qui serait un jour célèbre et publié dans la collection « Poètes d'aujourd'hui », « Écrivains de toujours », autre chose que son père, le paysan des Andelys qui crachait sur les romans quand il trouvait sa fille à lire au lieu de traire les vaches. Avec Aline j'avais fait l'amour comme avec aucune fille au monde. Elle m'avait dit : tu es le plus viril des hommes. Elle ne m'avait jamais dit qu'elle était sur le point d'y arriver. Elle y arrivait chaque fois, nous y arrivions. Chaque fois le cri qu'elle poussait me donnait l'impression qu'elle venait d'échapper à la mort grâce à moi. Son cri me perçait les tympans, lui sauvait la vie. Comment ne l'aurais-je pas aimée d'amour passionné, moi le plus viril des hommes, son sauveur. Pour ce prix-là je voulais bien coucher avec une folle, une malade. Partager sa folie, sa maladie pour continuer à partager ses nuits, la vie n'en fait pas d'autres.

Comme je restais silencieux Alba reprit, ses yeux toujours dans les miens, son parfum s'enroulant à ses mots :

– Elle court après les petits jeunes, c'est affreux. Elle sera la grand-mère de notre enfant.

– Elle n'est pas enceinte.

– Évidemment qu'elle n'est pas enceinte. Elle s'est fait ligaturer après ma naissance, j'ai vu les radios.

Et moi j'ai vu la sardine s'éclipser dans le bassin rectangulaire qui découvre à marée basse, à Trémazan, où des gosses torse nu vont poussant des épuisettes, des voiliers. C'est là qu'un jour j'ai ramassé une bulle rose agrémentée de filaments irisés comme en ont les cerfs-volants. Une physalie venue du Labrador. Elle m'avait fait l'effet d'un chewing-gum, gonflé par le souffle d'un géant. Toute la nuit j'ai grelotté de fièvre. Au matin, le toubib s'est enorgueilli de m'avoir arraché aux griffes du destin. Les physalies sont les vipères noires de l'océan, il a dit, on en meurt. Mon père s'est intéressé à moi, ce matin-là. J'avais intéressé un animal d'exception dont le nom devait l'essentiel à l'étymologie grecque, j'étais digne d'intérêt pour une fois. J'ai toujours pensé qu'on disait physaleos, p'tit vieux, et c'est physalie. On l'appelle aussi vessie de mer. Ce sera l'objet de ma prochaine lettre à Louis Poirier[1].

L'index d'Alba m'a effleuré la main :

– Tu l'aimes ?

– Bien sûr.

– Elle le sait ?

– À moins qu'elle soit sourde.

– J'arrive après la bataille.

– On ne se bat pas.

– Alors on ne parle pas de la même femme.

Il n'y avait pas cinq minutes qu'Alba m'avait quitté, il y avait cinq ans. Ça laisse du temps pour se détacher d'une fille, s'attacher à sa mère.

---

1. Mon père, à l'époque, était ami de Louis Poirier alias Julien Gracq, qu'il avait connu à l'École normale supérieure. Ils s'écrivaient plusieurs fois par mois.

– Tu arrives un peu tard, c'est sûr.

– Elle te parle de moi ?

– Plus maintenant. D'ailleurs ça ne me regarde pas vos histoires.

– Sais-tu ce qu'elle a fait quand j'ai eu six ans, le soir de mon anniversaire ?

– Elle t'a enfermée dans une bagnole et elle a mis le feu, tu portais un pyjama rouge. C'est comme ça que tu as trouvé la mort. Et je suis le premier homme qui t'inspire assez confiance pour revenir au monde.

Elle s'était rassise à côté de moi. J'avais ma main dans la sienne à présent. Je ne l'enlevais pas. J'aurais pu embrasser Alba si j'avais voulu. On avance la bouche, on tire la langue, c'est fait. Mais non, pas fait, pas envie.

– C'est vrai, tu es le premier homme qui m'inspire confiance. Et c'est vrai qu'elle m'a tuée le soir de mes six ans.

– Tuée c'est le mot, ça se voit.

– Elle m'a dit qu'elle était enceinte. Elle est toujours enceinte quand ça va mal. Je peux te montrer les radios si tu ne me crois pas.

— En arrivez-vous [illegible]. C'est [illegible]

— Elle te parle de moi ?

— Plus maintenant. D'ailleurs [illegible] ne regarde pas ces histoires.

— Sais-tu ce qu'elle a fait quand [illegible] son de mon anniversaire ?

— Elle a [illegible] une bande [illegible] et elle a mis le [illegible] pointes [illegible] rouges. C'est comme ça que [illegible] trouve [illegible] premier homme qui [illegible] assez [illegible] pour [illegible] venir [illegible]

Elle s'était [illegible] rouge [illegible] mal mis dans la [illegible] Je ne [illegible] pas [illegible] m'embrasser. Alors [illegible]. Un [illegible] la bouche [illegible] la langue, c'est tout. Mais [illegible] pas [illegible]

— C'est [illegible] le premier homme qui [illegible] plus [illegible]. C'est [illegible] qu'elle [illegible] de nos [illegible]

— Elle est [illegible]

— Elle m'a dit qu'elle était [illegible]. Elle est toujours [illegible] quand [illegible]. Je pense [illegible] je ne crois pas.

19.

Il est une île au milieu des eaux bleues, là-bas, un monticule d'herbe veloutée, avec un clocher blanc pour tout ombrage et quelques maisons accroupies sur le port. Aucun arbre, aucun menhir, une île, un souvenir. Le jardin secret du large où quand j'étais encore un garnement plein d'espérance, et si l'on veut d'amour filial, j'avais de mes yeux vu les cygnes debout sur le Pleyel de location qu'ils avaient l'air d'avoir apporté du continent à tire d'aile, ces deux malabars, pour maman. Pour que maman puisse jouer les variations Goldberg en écoutant monter l'océan dans tous les replis et trous assoiffés du minuscule rivage qui nous cernait. D'un côté le soleil de l'aube et de l'autre côté, retournez-vous, le soleil pompeux du soir dont papa disait qu'il avait un faible pour Mozart, sa préférence à lui. Après deux jours d'une idylle océanique, le piano s'était tu au beau milieu d'une chanson hongroise, la main gauche de maman devenue molle, inerte sur le clavier, paluche de carnaval. Je suis désolée, mes enfants, j'ai pris froid. Pas grave, maman, demain… Quelqu'un tombe en ruine sous vos yeux, un jour la main, un soir les os, les dents, les souvenirs, on ne va pas lui dire que c'est grave et qu'à ce rythme-là ses jours sont comptés. On est chrétien, après tout, alors demain… Demain c'est la vie, la sève, Dieu pour tous ou personne, ça ne s'oublie pas une île aussi bleue.

Bonsoir maman.

Nous y sommes allés, Alba et moi, sortis du parc Montsouris. Au début je n'en savais rien, on roulait au hasard et j'imaginais une bonne petite soirée à Saint-Germain-des-Prés dans une gargote à chandelles, entre barbaque et beaujolais. J'imaginais un bol d'air, un coup de canif, pas ce massacre au bazooka. Je me voyais rentrer à Montrouge aux pâles heures, triste, hargneux, menteur, cherchant les mots d'un couplet saignant sur la reproduction des sardines et la parole donnée.

On est arrivés au périphérique sud, porte d'Arcueil. Une dernière fois j'ai l'espoir qu'Alba me ramène à la maison et qu'on en reste là. On s'était revus, tout dit. Chacun sa vie, désormais. À la revoyure, au petit bonheur… Des néons brillaient sur les toits ; Ça m'a fait mal au cœur de longer mon quartier sans m'arrêter, de passer aussi près d'Aline qui s'était au moins pendue sous l'acacia, à l'heure qu'il était. J'aurais juré qu'Alba lisait dans ma tête, à ce moment-là, comme je lisais dans la sienne, et que nous devisions en secret : juste un crochet pour voir. Pour voir quoi ? Pour voir si ta mère s'est pendue. Juste un crochet ? Promis. Tu ne m'en voudras pas si je reste avec elle ? Bien au contraire.

On se connaît à peine et vous vivez ensemble depuis cinq ans. C'est l'inverse qui serait méprisable que tu restes avec moi seulement parce que je t'en fournis l'occasion, parce que tu m'as sous la main.

On a dépassé Châtillon, Vanves, Brancion, l'héliport, le soir tombait au loin sur les contreforts de Saint-Cloud.

– On va où ?

– Où tu veux... Tu veux rentrer ?

– Sauf si tu es pressée.

– J'ai tout mon temps, choisis, je peux te ramener.

– Je préfère quand tu m'emmènes.

– Alors ?

Ce doit être une question de lumière, la façon dont les rayons solaires se croisent et jouent à l'horizon. Pour moi c'est toujours une question de lumière, d'horizon.

– Je connais une île.

– Je l'aurais parié. Une île à maman...

– À papa-maman.

– C'est parti.

La main d'Alba s'est posée sur mon genou. Ma main s'est posée sur la main d'Alba, fraîche, complice de mes doigts. Sous l'acacia, le corps d'Aline aurait bientôt disparu dans l'obscurité. À l'aube il n'en resterait plus trace. De l'oubli bien placé. Même pas enceinte, l'idiote !

Octobre 1974

P'tit vieux,

Tu connais mes dadas. Je méprise l'auto-admiration. Pourtant je ne peux m'empêcher d'être fier de toi ces jours-ci. Ta sœur m'apprend que tu viens d'obtenir un poste de rédacteur dans une publication européenne à fort tirage. Un traitement fixe, bravo. Tu me donnes une grande joie. Je me doute que tu as pesé le pour et le contre avant d'accepter. La critique musicale, au niveau où tu es appelé à l'exercer, ne se fait pas au jugé. J'ai bien connu Clarendon (le chroniqueur du Monde, *pas l'homme politique). Il avait un premier prix d'harmonie du conservatoire de Paris, mais aussi un premier prix de piano. Nous avons souvent dîné chez lui, ta maman et moi. Je ne cherche pas à t'intimider avec cet exemple hors du commun, seulement à t'éclairer. N'aurais-tu pas intérêt à prendre des cours de solfège, à te remettre au piano ? Et si nécessaire je t'aiderai. C'est dans un moment pareil qu'il ferait bon prendre l'avis de ta chère maman. J'imagine le plaisir que lui causerait ta nomination. Elle réjouirait à la fois la mère et la soliste que tes pairs ont négligée. Soutenir les artistes, rappeler combien difficile, solitaire, ingrat est leur métier, demande une générosité dont la presse est rarement douée. Les mauvais vins font de bons vinaigres, que veux-tu. Généreux, toi, tu as toujours su l'être. Ta mère me l'a assez répété. C'est une aubaine pour les musiciens que des esprits tels que toi leur tressent les lauriers qu'ils méritent. En travaillant pour eux tu choisis le bon camp. Je t'en saurai gré jusqu'à la fin. Le jour où tu as des places de concert que tu n'utilises pas, pense à nous (Cathy, moi-même). Tu dois être débordé, j'en ai bien conscience, et tu attends d'y voir plus clair pour te montrer à la maison. Je te ferai livrer cette semaine un petit colis de chiroubles par un sympathique négociant que j'ai rencontré, tiens-toi bien, sur la tombe de Baudelaire, au cimetière Montparnasse. Hasard ? Nécessité ? Ce monsieur Lavallou produit aussi du beurre et, vers l'équinoxe d'automne, chasse le vanneau dans les blés versés. Bien sûr je l'envie. Bien sûr le temps du tir à l'arc est passé pour moi. Que de vies nous laissons en plan pour vivre la nôtre, ou celle que nous croyons la nôtre. Je vous embrasse bien fort ta femme et toi,*

Pater amicus

– Bonnes nouvelles ?
– Des nouvelles.
– Fraîches en tout cas. Environ dix degrés.

Alba désignait une échelle graduée rouge qui plongeait dans la mer au bout du môle.

– Ce n'est pas un thermomètre, ça sert à mesurer les hauteurs d'eau.

– Déformation professionnelle. Il fait froid quand même, ça me manquait…

– Ça fait du bien, oui, un peu de froid, ça réchauffe.

Nous étions à l'arrière de la vedette du courrier pour les îles, attendant le départ. Le jour était levé depuis un moment. À perte de vue c'était blanc, laiteux, pastel, et, si la marée ne s'en mêlait pas, il ferait soleil sans tarder. Au café du Môle j'avais vu mon premier billet de cent dollars. Cent dollars pour payer nos petits déjeuners, nos tartines de pain rassis. C'était ça ou la Diner's. À tout hasard la mam-goz avait pris le billet vert avec l'air de jouer au Monopoly.

Nous avions roulé toute la nuit, une bouteille de cognac entre nous deux, la radio à fond, la capote de la 204 avalant la vitesse et claquant sur nos têtes avec une frénésie d'otarie. C'était une idée d'Alba, le cognac, acheté à la station-service en arrivant sur l'autoroute. Je la faisais boire au goulot, je la gavais et je l'embrassais où je pouvais, mes baisers lui tombaient sur l'épaule, dans le cou, dans les cheveux. J'avais dénoué son chignon pour m'entortiller solidement les doigts dans cette crinière, jusqu'au cuir chevelu. Je la respirais tel un sniffeur de colle, à pleins poumons, je m'imprégnais de cette odeur chérie qui m'avait manqué, je m'en apercevais. Déjà la mère sentait bon, mais la fille, alors… On m'aurait vu me trémoussant contre Alba et l'abreuvant d'alcool, de baisers, on m'aurait pris pour son amant. Elle ne parlait pas beaucoup mais elle riait. Rire c'est aimer. C'est aimer celui qui vous fait rire.

Je riais aussi. On était deux amoureux éperdus. Des amants que le loup n'avait encore jamais vus à l'orée du bois. Le cadavre d'Aline se balançait sous le rétroviseur, Aline, maman, tous les gens trahis, ils défilaient, j'en aurais pleuré. Tout ce bonheur et ce désespoir mélangés, cette fureur de mort dont j'écoperais à mon retour et qui glisserait sur moi, me rendrait bête et méchant. Où j'étais ? Mais là-bas, j'étais là-bas si ça t'intéresse ! Là-bas, l'anagramme d'Alba. Loin de tout j'étais. Ce loin vous change un homme, et ce serait une folie d'imaginer qu'il n'en revient pas différent, métamorphosé. C'est mon excuse, être loin, moi qui ne m'éloigne jamais, qui conçois des tours du monde en navire imaginaire, aventurier des instants qui tournent court.

Je m'étais endormi quand Alba m'informa qu'elle sortait faire un tour. Je revins à moi les mains engourdies sous les cuisses, on tapait au carreau, les feux rouges d'un poids lourd arrêté trouaient la nuit. Vous êtes cinglé ? On a failli vous cartonner. Rangez-vous sur le bas-côté. Allumez vos warning. Disparue, elle avait disparu. C'était irréel, désespérant, son odeur persistait dans l'air glacé, comme une buée. La panique me submergea. Elle renaît après cinq ans, je la perds sur une route paumée, en pleine nuit, je me débarrasse d'elle. Viol, accident, pressentiment. Je m'assis au volant. J'avais eu des Massey-Ferguson entre les mains, en Cornouailles, et même une moissonneuse-batteuse. Je fis un bon kilomètre au pas, phares éteints. J'entendais répéter les mots : faire un tour. Où ça ? Quel besoin d'aller faire un tour quand on est en train de conduire une voiture à tombeau ouvert, en état d'ivresse ? Et moi je la laisse aller ? Vas-y ? Bon tour ? Ne fais pas de bruit en rentrant ? Ne rentre jamais ? Disparais à nouveau ? Elle m'avait déjà faussé compagnie, plaqué. Je ne l'avais pas plus tôt retrouvée qu'elle recommençait. Une patte-d'oie se présenta. À droite la route s'incurvait à travers champs, sous un gros tesson de lune. Je fis confiance à la lune, je pris par là. Un bon kilomètre à nouveau dans un patelin sans âme qui vive, excepté la mienne. Un néon brilla. Je coupai le moteur, descendis. Mes warning… Mais qu'est-ce que c'est que ça, des warning ? J'entrai dans une espèce de taverne rosâtre aux longues bougies spectrales, avec un pianiste ânonnant un blues chlorotique devant une poignée d'insomniaques vautrés sur des coussins. Je vis Alba sagement attablée dans un coin sous un miroir crasseux dont la fresque art-déco pouvait représenter Manhattan, un Manhattan fendillé caché par des chorus-girls à trombones. Elle avait mon caban sur les épaules, par-dessus sa gabardine. Elle avait les yeux fixés sur mon Krivine, *La Farce électorale*. Elle ne tournait pas les pages, ne clignait pas, ne lisait pas. C'était le livre qui lisait dans les yeux écarquillés d'Alba, se laissant raconter une histoire qu'il ne répéterait à personne. Devant elle, sous une soucoupe, était glissé un billet de cent dollars. Ça va ? Elle sursauta. Ça va. J'ai trouvé ça dans la poche intérieure. Elle me tendit la lettre de mon père. Tu m'excuseras si je l'ai lue. Il écrit bien, ton vieux, il te donne de bons conseils. Tu as tort de ne pas ouvrir ses lettres. C'est une chance d'être aimé par ses parents.

Ma chance… J'allais passer les prochains jours à la ruminer, à trouver un peu fort de café qu'on m'estime chanceux d'avoir un daron comme le mien. Un égyptologue aux doigts ensablés par de la poussière de pharaons, les pieds racornis à force de s'être usé la plante au sein des tombeaux les plus civilisés que l'homme ait inventés pour faire de vieux os.

La vedette accosta dans l'île. Un habitant nous loua sur la dune la maison du douanier, une maison pour de rire aurait-on dit, si peu grande qu'elle ne comportait autour du lit que ses quatre murs de granit, avec une cheminée digne d'un château fort. Une maison, un lit, une source de chaleur. Le Pérou pour un couple venu là spécialement pour se coucher ensemble, un antre d'amour au coin du feu. Les repas se prenaient au Café du port à toute heure. L'habitant nous laissa une boîte d'allumettes, un Thermos de café au lait. Bon voyage.

La fenêtre au-dessus du lit encadrait l'océan. Alba l'ouvrit pour tirer les persiennes. L'air vif de la grève entra, j'en eus la chair de poule. Ce fut la nuit. Attends, fit Alba comme je la cherchais à tâtons, angoissé, me disant ça y est, c'est à moi de jouer, on ne peut plus reculer. Elle gratta une allumette et s'accroupit au bout du lit pour faire le feu. Elle avait toujours mon caban sur le dos, un faux air de moussaillon cherchant à tromper son monde. Une autre fille quand elle se releva éclairée par les flammes, la buée aux lèvres, son tendre parfum charnel imprégné d'une odeur de feu. Elle me fixait dans la clarté mouvante, le souffle court, laissant la chaleur se répandre et nous envelopper. C'est fou comme un regard de femme peut vous pardonner, vous en apprendre sur vous-même en quelques secondes et rendre légère une âme aux ailes de plomb, soudain. Il me sembla entendre un murmure, *je ne peux pas*, mais j'émergeais d'une telle nuit, j'étais si déboussolé par l'insomnie, dans ces moments-là n'importe qui prend la parole autour de vous, les vivants, les morts. Dans ces moments-là c'est l'imbroglio sensoriel, toutes les chances à la fois, ça vous dégringole dessus comme au bandit manchot.

– J'ai été cruelle avec toi, dit Alba. Je ne t'ai jamais touché.

Je sentis ses doigts toucher les miens, un effleurement mais j'eus l'impression que mon cœur éclatait.

– Jamais embrassé.

Elle ne se mit pas sur la pointe des pieds. Elle était aussi grande que moi. Elle avança la bouche, un simple effleurement, elle ferma les yeux, je les fermai. Pour voir quoi, ne plus voir quoi, ne plus être qui ?

Un soir je l'avais perdue de vue. Je m'étais habitué au regret d'un amour de jeunesse jamais consommé. Ce sont les plus forts, ceux qu'on ne fait pas. C'est du moins l'idée qu'on en a. Un autre amour se présente, on se dit qu'on l'aime autant, qu'un désir chasse l'autre, qu'un corps de femme est un corps de joie, la vie repart. S'envoyer la mère, à peu de choses près, quand la différence d'âge est mince, ça revient à s'envoyer la fille, même peau, même voix, même goût, mêmes griefs, à peu de choses près. Même désir à peu de choses près. Amour accru, se dit-on pour ne rien perdre au change et que ce dernier ne soit pas un pis-aller mais un choix. L'amour ne confond pas deux sœurs, jumelles ou non, il a ses critères bien à lui que la raison ne connaît pas, nés du frottement des âmes antérieur à celui des museaux. Sauf que tout cela coud du fil blanc sur un désespoir qui s'ignore et n'attend que la première occasion pour éclater, remettre du feu dans la plaie. Après qu'Alba m'eut téléphoné, n'étais-je pas outré, à fond dans mon rôle de compagnon modèle ? Demander à me parler, le demander à sa propre mère, la garce dis donc ! Puis j'avais composé son numéro dans la rue, par défi, pour tenter ma chance à la tombola du souvenir. J'avais gagné. Et maintenant j'étais là, fou d'amour, recevant comme un dû la becquée de cette innombrable bouche à la fleur de cognac. J'avais tout fait pour venir ici terminer la journée du 23 juillet 1969 au cours de laquelle j'avais été coup sur coup la proie de la plus grande excitation, de la plus grande frustration. Et j'y étais, le sang brûlant. J'allais tirer le plus inespéré des coups avec cette infirmière aux sens affamés que je sentais frémir contre moi. Il n'y aurait pas d'obstacles, cette fois, aucun deuil, aucun pyjama, aucun rival, aucun portail, la fête commençait. Autant je me sentais coupable en quittant Paris, autant j'éprouvais un sentiment de justice et de bon droit, parvenu dans cette île sacrée, mon enfance.

– Pardon d'avoir été cruelle.

Je lui ôtai ses vêtements, mon caban, sa gabardine, je défis la ceinture de son pantalon, baissai la fermeture Éclair pour glisser ma main entre ses jambes, dans sa culotte, m'assurer que je ne rêvais pas. C'était béant, gonflé, onctueux comme de la salive et d'une chaleur qui me stupéfia.

– Marc, gémit-elle, et le reste ne fut plus qu'abandon, reddition, plongeon dans l'oubli charnel comme si tous deux nous mourions de soif depuis toujours, et que nos corps en lutte opéraient dans leur étreinte et leur suée une sublimation, l'exorcisme de toute une vie passée à vouloir ce lien, lui seul, de toi vers moi. Sa voix bredouillait contre mon oreille, pleurnicherie, mélopée, désolation. Pour je ne sais quelle obscure raison nous baisâmes sur la terre battue, rugueuse comme un vieil os et tiède, peut-être tout simplement parce qu'elle était sous nos pieds et que l'envie nous clouait au sol.

– Ne jouis pas encore, Marc, je t'en supplie.

Nous nous suçâmes l'un l'autre, à tour de rôle, à l'unisson. Comment dire mieux, plus délicatement la voracité orgiaque du désir amoureux qui se donne libre cours ainsi qu'une tempête de ciel bleu, fondant pour la même douceur d'orgasme latent les appétits animaux du sang et notre rage de péché mortel, de miel, de fiel, de fange et d'esprit mêlés, notre amour si grand pour le corps humain que Dieu n'en verra jamais la couleur, d'où sa jalousie, son courroux, ses guerres à perpétuité. C'est au nom de Dieu que l'on hurle à mort quand on jouit, quand on se meurt d'amour. C'est pour ça qu'on est triste après avoir joui.

Plus tard j'emmenai Alba manger un dormeur et du lieu noir au Café du port. Nous bûmes deux carafes de muscadet. Plus tard nous fîmes l'amour sur le lit du douanier, et quand je voulus la sodomiser elle refusa. Plus tard je lui proposai un tour à la maison-phare qui n'était pas encore chez nous, chez moi. C'est doux de revoir physiquement une maison que la mémoire s'est acquise au bel âge d'un été sans fin, c'est doux, c'est poignant. Malgré qu'on en ait, elle est ailleurs, envolée. Par-devant la mer était grise, plate, l'horizon gris, le jour finissait. L'horizon, la mer que la mémoire s'était jadis acquise avait l'insondable couleur d'un rêve d'enfance habité par des voix claires et des rires. Alba s'assit sur le muret pendant que je tournais vainement les poignées des portes ou collais mon nez aux carreaux, cherchant quoi ? Plus tard nous rallumons le feu dans la maison, nous couchons ensemble. Enlacés, désenlacés nous sombrons dans le sommeil et durant toutes ces heures, depuis la veille au parc Montsouris, il n'avait pas été question d'Aline, sujet tabou. Au Café du port j'avais failli lui téléphoner, je ne l'avais pas fait, voilà tout.

20.

Plus tard je m'éveillai. Rien d'extraordinaire jusque-là. Reprenons. Je me suis éveillé glacé d'effroi. Le bloc trempé des couvertures étaient tombé du lit. Je venais de voir Aline en face de moi dans la cheminée sans lumière, son cadavre pendu sous l'acacia, bouche bée à la façon des agneaux morts, le regard baigné d'un mépris sans nom. J'ai appelé Alba. Je l'ai cherchée en vain sur le côté. Je me suis habillé en vitesse, je suis sorti pour trouver dehors la sensation de n'être plus qu'un squelette à tremblote, écharné par ce froid lunaire, cette caillante intersidérale, tombée d'un firmament dont les astres blancs imitaient des cristaux de sel. J'ai couru pieds nus vers la plage, j'ai longé la mer, je suis arrivé à la maison-phare, j'ai fait plusieurs fois le tour de cette carcasse inerte, obscure, je suis redescendu sur la plage, inconscient attiré par cette lune au bout des ténèbres illuminés, à fleur d'horizon. Je me suis mis à marcher dans l'eau, les larmes aux yeux, les maxillaires s'entrechoquant. J'ai perdu pied, nagé vers la lune et, plus tard, je me suis aperçu que nous nagions ensemble, Alba et moi, et qu'elle me disait de bien respirer, de lui parler, de nager sur le dos quand j'étais fatigué. C'est elle, de retour à la maison, qui s'est occupée du feu avant de me rejoindre au lit. La nuit a repris son cours.

– J'ai faim.

– Ça ouvre à sept heures.

– Je vais manger plein de croissants au beurre.

– Ils n'ont pas de boulangerie, sur l'île.

– Alors plein de pain rassis, le pain des poules… J'ai vu des poules derrière le bistrot.

– … et le café au lait des lapins. J'ai vu des lapins derrière les poules.

– Et puis un bon steak au poivre, aussi, avec de la mignonnette épaisse, un maximum de crème…

– … flambée au cognac.

– Arrête ou je te mords les fesses.

– Et moi je te mignonnette, je te flambe aux bisous, mais alors partout !

– Chiche !

Sous les couvertures Alba tenait mon sexe machinalement comme un planton sa lance, et de temps à autre elle exerçait une pression roborative. J'étais assez fier, après nos ébats répétés, d'avoir le membre encore assez vivant pour assurer sa veille de petit soldat. L'incident balnéaire était loin. C'est bien simple, elle avait voulu se baigner au clair de lune. Tout comme la nuit précédente elle s'était arrêtée pour boire un café. C'est bien simple. Aussi simple que ça. Avec le jour proche, et cette panique du petit matin qui remet en marche la vie quotidienne aux insurmontables aléas, je prenais conscience qu'Alba m'avait beaucoup entendu, ces dernières heures, et moi très peu. Je l'avais aimée, j'avais trouvé pour la reconquérir les accents du plus grand amour, mais je ne me rappelais pas qu'elle eût eu un seul mot pour répondre à cet amour. Et pas un non plus touchant sa vie depuis cinq ans. Pas un touchant notre histoire à nous qu'elle avait ranimée en téléphonant. Pas un touchant les motivations d'un pareil retour.

– Alors comme ça tu étais en Israël.

– J'y étais encore il y a deux jours.

– Et quand tu m'as téléphoné, l'autre matin, il y a deux mois, tu appelais d'où ?

– De là-bas. Ce n'est pas toi que j'appelais c'était maman. Elle me manquait.

– Ta mère ? Elle te manquait ? Cette bonne femme qui n'existe pas pour toi, que tu hais, qui te hait ? Qui a péri brûlée en te mettant au monde ?...

– J'avais besoin de la voir, de l'embrasser. Elle me manquait tellement.

Le ciel me tombait sur la tête, j'ai crié :

– Mais qu'est-ce que je fous là, moi ?

– Tu la remplaces, je ne sais pas...

La baraque autour de moi m'a fait l'effet d'un tombeau. J'ai murmuré cette connerie :

– Je ne suis pas ta mère, Alba.

– C'est vrai, mais tu ne m'as pas non plus amenée ici par hasard. Tu devrais pourtant comprendre, toi. C'est à maman que je voulais parler, l'autre jour, quand j'ai téléphoné à Montrouge.

De mieux en mieux, de plus en plus mort.

– Et alors ?

– Elle ne m'a pas crue. Elle m'a donné des noms d'oiseaux, j'ai l'habitude, aucune importance. Elle m'a raccroché au nez. Quand j'ai rappelé, elle m'a dit : je te le passe, il n'attend que ça, et je t'ai eu.

Je me suis pelotonné dans les draps, lui tournant le dos.

– Ça tu m'as bien eu… Tu m'as quand même filé ton numéro, je ne rêve pas.

– Tu es la personne la plus proche d'elle, alors je t'ai vu. C'était mieux que rien. J'espérais qu'elle aussi voudrait mon numéro, que je pourrais l'embrasser avant de repartir. J'ai fait le voyage à Paris exprès pour ça, lui demander pardon.

Elle me rendait cinglé.

– Et à la place tu couches avec moi.

– Je ne savais pas que j'aurais envie de toi. J'ai été si cruelle, je te demande pardon.

Elle parlait d'une voix douce, désemparée. Elle m'horripilait avec ses pardons à n'en plus finir.

– Mais il y a cinq ans, Alba, quand tu couchais avec moi sans coucher, enfermée dans un double pyjama, pourquoi tu ne me laissais pas t'embrasser, t'approcher.

– Je ne tiens pas à répondre à cette question.

Je me suis retourné d'un bond, furieux.

– Réponds ou j'en crève, ou je te fais la peau.

Elle m'a posé la main sur le bras.

– Tu avais perdu ta mère, tu étais perdu. Je n'étais pour toi qu'un morceau de viande, un trou. Tu avais perdu ta mère, il te fallait un trou, un trou vivant pour cacher la mort de ta mère.

– Ce n'est pas vrai ! C'est des clichés à la noix, tout ça. Je t'aimais, tu ne comprends rien !

– Tu m'aimais comme un violeur, un malade, pour assouvir une faim qui me coupait l'appétit, qui n'avait rien à voir avec l'amour.

– Parce que l'amour n'a pas faim ? Parce que tu n'as pas faim ? Parce que tu ne viens pas de faire un gueuleton, sans doute ?

J'allais sangloter. Je sentais maman si proche, Alba si loin. C'est si mystérieux ce désir et cette détresse charriés pêle-mêle au gré du sang dans la boucle d'une vie.

– Et pourquoi on dormait ensemble ? Pourquoi tu m'amenais chez toi ?

– Parce que je t'aimais.

Une lueur d'espoir, le brin de paille.

– Et maintenant, Alba ? Maintenant ?

– Je dois repartir là-bas, c'est tout, on m'attend. Il n'y a rien d'autre à dire, enfin si. Tu es un merveilleux amant. Je suppose que tu as besoin d'entendre ça. Et bien c'est vrai. *Le meilleur que j'ai jamais eu.* Tu as bien mérité d'entendre ça, j'ai été si cruelle.

Je ne savais plus ce que je disais :

– Et ça t'excite de t'être fait le mec de ta mère ?

– Sûrement. Elle s'est bien fait le mec de sa fille, du moins elle le croyait. Je me dégoûte. Pas toi ?

– Moi je t'aime, je me fous du reste.

– Tu n'aimes personne. Et tu n'aimeras jamais personne. Tu ne sais qu'être en deuil. Sinon tu ne m'aurais pas amenée ici. Et moi je n'aurais pas couché avec toi.

– … fait l'amour !…

– Couché, fait l'amour, cédé à nos pulsions.

– Nous n'avons pas fait l'amour ?

– Un homme, une femme, aussi seuls l'un que l'autre, appelle ça l'amour si tu veux. Si je n'avais pas horreur des mots je dirais que nous avons défait la solitude.

– C'est trop joli, je le noterai dans mon pense-bête.

Il me vint une pensée atroce, lumineuse. Elle avait quelqu'un elle aussi. Dans son amour fou pour moi qu'elle cherchait à piétiner, elle avait trompé quelqu'un en me suivant dans cette île où je n'étais retourné que pour l'aimer passionnément sous le regard de maman.

– Tu as quelqu'un ?

Elle s'est appuyée, toute chaude, vibrante.

– J'avais…

– Tu avais, donc tu n'as plus.

Il s'avérait bel et bien que ce type, elle l'avait plaqué pour moi. Ce n'est pas facile à concéder, ces choses-là. Les sentiments ne sont pas d'une pièce. Et ceux que l'on déchire font peut-être aussi mal que si l'on vous déchirait, que si l'on vous disait : tu ne m'aimeras plus ou tu m'aimeras sans moi, sans mon amour, c'est fini. Elle souffrait de la douleur qu'elle infligeait à cet homme. Elle m'en voulait de l'amour qu'elle éprouvait pour moi. Elle n'aimait pas être cruelle.

Je lui passai mon bras autour des épaules, elle se serra contre moi, confiante, abandonnée comme un petit animal pitoyable.

– Il a dû souffrir.

– J'espère que non.
– Je veux dire, quand tu l'as plaqué.
– C'est lui qui est parti.
Ça ne m'a pas plu du tout, ça. Il pouvait très bien changer d'avis, revenir.
– Et s'il revient ?
– S'il revient, c'est sûr… Avec des si.
Elle respirait sous mon bras, dans mon aisselle, j'avais le visage dans sa chevelure et mon nez lui caressait l'oreille. Elle n'était pas franche du collier dans cette histoire. Elle était beaucoup trop belle, troublante, pour se faire quitter. Elle était différente, sans comparaison avec les petites amoureuses terre à terre qui se croient tout permis quand elles vous ont accordé leur susucre philosophal, leur œil d'or. En la revoyant au parc j'avais pensé jamais une fille pareille ne couchera avec moi. Elle est encore plus excitante qu'avant. On lui mangerait les boutons qu'elle a sur la figure. Ou son mec était un idiot ou elle mentait.
– Tu l'as connu là-bas ?
– Non.
– Et il s'appelle ?
– Rien.
– Rien ?
– Je ne veux pas dire son nom.
Et merde ! Elle pleurait sous mon bras, ses larmes chaudes me coulaient sur les flancs. Elle me prenait pour une bouée de sauvetage, ou pour sa mère. J'étais venu dans cette île jouer à la maman.
– Crois-moi, c'est un gros con !

J'ai dit ça dans un soupir, en me relâchant, et ma paume a frôlé son sein, je l'ai désirée à nouveau. Je lui ai léché l'oreille. Je lui ai fouillé le creux de l'oreille avec ma langue, dénichant un goût des plus agréables, âcre et salé.

– Le dernier des gros cons… Moi jamais je ne te plaquerais.

– Plaqué n'est pas le mot, a dit Alba en se faisant toute petite, recroquevillée sous les draps à la manière d'une momie.

– C'est quoi le mot ?

– Je ne tiens pas à le dire.

– Eh bien dis-le quand même ! Arrête cette comédie.

– Il est parti ça fait une semaine, a dit Alba, il s'est tué.

21.

Puis elle a dit : il s'est noyé sous mes yeux. Attention, je ne fais que répéter ses mots. Elle était mariée avec un toubib de la Croix-Rouge qui s'appelle Diamant-Rouge, là-bas, pour des motifs de sensibilité régionale, et Croissant-Rouge dans la zone islamique. D'un accrochage à l'autre avec les Syriens, les Israéliens, les Égyptiens, ils recousaient les corps ou disaient aux blessés qu'ils allaient s'en sortir, qu'ils fassent un petit somme en attendant d'être opérés dans les meilleurs blocs, en ville, à Washington, anesthésiés par les plus grands endormeurs sortis de Harvard ou Tombouctou, la fine fleur des surplus américains, et ensuite les doigts de pied en éventail chez les vahinés à gros seins. C'était leur vie qu'ils aimaient, ça mitraillait de toute part et quand on rafistole un gus en train d'appeler sa mère au fond d'une bouche en sang, on ne se dit pas c'est un ennemi, un fou, achevons-le, on rafistole, on tire les rideaux sur la prunelle des morts, on désaltère les assoiffés, les vieux, les enfants martyrs recrutés pour les beaux yeux des Elohim, on est en croisière à travers le Golan, Tibériade ou Samarie, Judée, Hiéroushalaïm, ces beaux noms transfilés d'or pour la Noël et les petits souliers des gosses auxquels on dit : tu verras, demain, dans la cheminée, tu verras… Comme on a beau temps toute l'année, le Diamant vous envoie décompresser à la plage, entre deux tueries. La mer Rouge, Eilat… C'est là qu'ils se sont baignés sous la lune, il y a une semaine. On s'est aimés dans la mer, a dit Alba, c'était la première fois, on s'est aimés, on s'est parlés comme jamais. Je répète ses mots. Une mer miroir, il a dit, qu'on n'arrêtait pas d'émietter en nageant, qui semait des milliers d'étincelles autour de nous. Une mer qu'on pouvait prendre sa main, lécher. Il s'est trouvé mal en voulant monter sur le plongeoir flottant. Il est retombé dans l'eau, on aurait cru du feu, il étouffait, il a coulé à pic devant moi. J'ai ramené son corps à la rive en le tirant par les cheveux. Dans les poches de son treillis il avait cet argent, tous ces dollars verts, rien que des billets de cent.

– Je te les donne. C'est lui qui te les donne. Je pensais les refiler à maman qui n'a jamais un rond. Tu n'auras qu'à lui donner si tu veux.

– C'est pour ça que tu t'es baignée ?

– Je pensais trop à lui.

– Tu voulais mourir ?

– Jamais de la vie. C'était pour mieux penser à lui. Quand je t'ai trouvé je l'ai trouvé.

– Tu es déçue ?

Pas de réponse… Elle dormait en chien de fusil, mains entre les genoux, fleurant le cognac, et je n'aurais pas aimé rêver dans sa tête à cet instant-là.

À mon tour je m'étendis sur un sommier dont les ressorts déglingués faisaient un hamac, ce qui m'obligeait à rouler contre Alba, à la toucher. Comment faisait-elle pour n'avoir pas froid, si peu couverte au milieu des draps détrempés d'où montait, imperceptible, une odeur de chlore et de fornication ? Cette histoire m'avait démoli, privé de tout élan sexuel. Baiser l'amoureuse d'un mort, c'est désolant. La baiser, l'aimer, s'imaginer qu'elle est à vous, qu'on peut tirer sur la comète les plans d'un avenir à deux, commencer à taper dans les prénoms juifs en souvenir du toubib d'Israël… Je ne trouvais pas le sommeil, je remuais, je me tortillais en regardant Alba dormir, si jolie à la lumière de la petite lampe tombée sur le sol. Sa chemisette chiffonnée, largement échancrée, laissait voir tout un sein rose et doré, veiné de bleu, comme une offrande. Je ne pus y tenir et l'effleurai du bout des doigts, sans toucher la pointe, sans vraiment caresser, puis avec avidité, en pétrissant le globe crémeux, l'empoignant. Il y avait quelque chose de sournois, quasi nécrophage dans cet attouchement incognito sur la femme endormie d'un mort, et quand j'eus écarté la chemisette pour voir le deuxième sein, encore plus beau que le premier, plus nu dans sa gémellité qui redoublait le bonheur de cette vision, j'enlevai ma sale patte de là. Je désirais Alba à nouveau, mais avec terreur, douleur, comme on désire ôter sa main du feu. Un impossible amour, voilà ce qu'elle m'avait donné. Je ne voulais plus la toucher. Tel que c'était parti je l'aurais violée dans son sommeil et besoin étant dans son réveil, je l'aurais mangée, fouaillée, peut-être bien tuée. J'avais trompé Aline pour ce joli néant, ce rien. Pour une fille qui m'avait trompé, elle, en me laissant l'aimer sans vouloir de moi. Je rabattis les draps sur son corps et fermai les yeux. Mon cerveau grouillait d'images, de voix. À quelques mètres de là, sous la lanterne d'un phare éteint, j'avais entendu ma mère jouer du piano, le concerto pour la main gauche de Ravel. Cathy chantait l'orchestre, maman jouait. Je perdis conscience en les écoutant, je basculai dans un rêve où j'allais sur la grève, luttant contre la pluie, la bourrasque, attiré par ce Pleyel couché dans le patouillis rageur d'une eau grise, comme une épave rejetée à la côte, cygnes et corbeaux déféquaient sur lui. À mon approche il se transformait en plongeoir, redevenait piano, plongeoir, un assemblage de fer dont j'aurais pu compter chaque boulon, avec une natte en jonc de mer et des échelons rouillés, comme s'il avait toujours flotté sous mes fenêtres. Un rêve bien masochiste, bien chrétien. À l'aube, rêvant à moitié, je m'efforçais d'écrire un article pour *Stéréobingo*, une descente en flammes de la soliste roumaine Clara Haskil, élève de Cortot comme l'avait été maman, renommée pour sa manière de jouer Schumann et Mozart. Quand j'aurais réglé son compte à la Roumaine je m'en prendrais aux mains d'Argerich, la belle Argentine, une petite jeune qui brassait beaucoup d'air à mon goût. Ce n'était pas le sommeil qui m'accaparait l'esprit mais des mots saturés d'angoisse, j'essayais de tout remettre à plus tard, à jamais, de fuir le moment de reprendre pied dans une réalité qui me verrait rentrer chez moi. Un moment difficile à concevoir. J'étais au lit avec Alba, demain j'y serais avec Aline ?

Je tins à la raccompagner jusqu'à Roissy, le plus loin possible dans les méandres aéroportuaires, nous nous quittâmes au barrage douanier qui sépare les passagers du commun des mortels. Jusqu'à la dernière seconde j'eus l'espoir qu'elle me dirait : pars avec moi. Ou bien : j'ai menti, je suis revenue pour toi, pour assouvir mon rêve d'amour avec toi, il n'y a jamais eu d'autre homme dans ma vie. Retour d'Alba, départ d'Alba. Qu'aurait-il pu m'arriver de pire, à l'âge que j'avais ? J'avais couché avec elle – premier adultère. J'étais retombé amoureux à crever, j'étais passé derrière ses pyjamas – deuxième adultère, aggravé celui-ci par la passion qui m'embrasait. Elle avait été cruelle par le passé en se refusant à moi tout en m'ouvrant son lit ; elle avait été bien plus cruelle en me donnant la libre jouissance de son corps, en jouissant avec un garçon qu'elle n'aimait plus. Elle sortit une liasse de son trench-coat et la fourra dans la poche de mon caban, avec la lettre de mon père. Elle partit après m'avoir montré sur son passeport une photo où elle est coiffée d'un chignon, son allure préférée. Cette même photo fut examinée par un douanier qui tamponna la sortie du territoire national. Alba se retourna. Par-dessus la frontière elle me lança : je te fais confiance, pour maman… Bien sûr elle avait les larmes aux yeux, et bien sûr je les avais. C'est la vie. Ça fait pleurer. Quand les sentiments y sont, quand ils n'y sont plus, quand c'est un peu raté. C'est déchirant quand même, le cœur le sait bien.

Dans la 204, avant que nous l'abandonnions à la diable devant les bureaux d'Europcar, je n'avais pas rêvé lorsque j'avais entendu ce conseil alarmant : dis-lui la vérité. Maman est dingue avec ça, elle a un flair de coyote. Les femmes n'ont que ce mot à la bouche : la vérité. Ça commence où la vérité, s'il vous plaît ? Quand ? De quelles autres vérités tout aussi vraies fait-on la peau pour débarquer chez soi la vérité au bec : bonjour, ma chérie, sois forte et regarde-moi dans les yeux. Tu es prête ? J'ai retrouvé ta fille au parc Montsouris le soir où tu m'attendais boulevard Brune en maternité pour un premier épisode échographique, main dans la main. La sardine… Tu te rappelles ? Il était dix-huit heures et des poussières. Alba nous avait téléphoné un matin, je commençais à bander contre toi et cette petite salope nous a interrompus. La suite de l'histoire, tu en es largement responsable, parlons-en si tu veux. Tu as refusé d'écouter Alba. Tu n'as pas cru qu'elle t'appelait toi, qu'elle avait un besoin viscéral de sa mère, ce matin-là, qu'elle souffrait. Tu aurais appris qu'elle dormait dans une voiture de location à côté d'une cabine téléphonique, en face du parc Montsouris, en attendant que tu lui proposes l'hospitalité. Ton orgueil t'a perdue. Tu t'es imaginée qu'elle te filoutait, tu m'as jeté le téléphone à la figure, m'écorchant la lèvre à cette occasion, et stupidement j'ai retenu le numéro qu'Alba disait au bout du fil. C'est à toi qu'il était destiné, c'est moi qui l'ai eu. Le parc a fermé. Nous aurions pu nous séparer bons amis, à la rigueur aller dîner. Non, nous avons mis les petits plats dans les grands, pris l'autoroute A6, cap à l'Ouest et nous avons passé deux jours dans la plus petite île habitable de l'archipel morbihannais, à côté des Cardinaux, là où je t'ai dit qu'un jour, promis, je t'emmènerais. Tu peux faire une croix sur cette promesse, tout comme j'ai fait l'amour avec Alba dans cette île qui t'appartenait. Je continue ? Te dirais-je à quel point ta fille est belle et comme tu as bien travaillé en la mettant au monde ? Eh bien oui, puisque c'est la vérité, qu'il nous la faut. Et c'est la vérité qu'il s'est agi là de notre premier rapport avec pénétration, comme on dit. Te parlerais-je de ses seins magnifiques, de son ventre acajou, de ses longues jambes, de la douceur de ses cuisses, de ses belles lèvres moites, de son odeur, que sais-je, de la bonne surprise que nous avons eue tous deux à jouir ensemble, comme si nous nous aimions en vrai. Les âmes sœurs se câlinent à travers les peaux, c'est bien connu, une extase inimaginable dont il est normal qu'elle rende un peu malheureux, un peu seul. On n'aime pas finir un bon livre, un bon film, on éprouve un manque, alors imagine un peu le manque où je suis après ces heures de volupté. Sache qu'elle a été mariée et qu'elle est en deuil de son mari, depuis une semaine. Sache aussi qu'elle ne m'aurait sans doute jamais laissé l'approcher si je ne lui avais pas dit qu'entre toi et moi, depuis des années, c'était copain-copain, et que ça n'avait jamais été beaucoup plus loin. Qu'est-ce que tu veux, j'avais trop envie d'elle, trop rêvé depuis des années, elle est trop belle, et j'ai déblayé le terrain, c'est la vérité crois-moi. Pour en finir avec la vérité, que je ne peux pas voir en peinture sans qu'elle ait une gueule de sorcière immonde, sache que ces deux jours m'ont changé et que je vois mal comment je pourrais revenir au lit avec toi. Rien qu'à cette idée j'ai la nausée. Je suis fidèle à nouveau, mais à la nostalgie d'Alba, plus à toi. Avec ça j'ai le bout du sexe irrité par divers excès et peut-être l'acidité vaginale de ta fille. Je ne l'accuse pas, je pose la question. Si tu connais le nom d'un baume squamo-régulateur, pense à moi.

Aline est une jeune femme à l'ossature délicate, au visage finement dessiné, aux cheveux noirs coupés court, qui veille sur sa ligne avec un soin jaloux. Elle a de grands yeux marron-vert, la peau mate, et son sourire illumine le jour. Lèvres charnues comme Alba. On aurait tort d'imaginer que ses quarante-six ans la laissent indifférente. C'est maintenant qu'elle ne l'est plus qu'elle se sent jeune fille et tient à sa peau avec le secret espoir de rajeunir encore. C'est bien simple, elle circule en ville à bicyclette, et deux fois par semaine elle va courir au bois, grimpant hardiment le tapis vert de Clamart, une pente d'un kilomètre et demi très courue des cavaliers. Méprisants, les cavaliers, à l'égard des faiseurs de footing, ces crottés bipèdes.

Autrefois Aline n'était qu'un garçon manqué à tignasse, dressé par son fermier de père qui la traitait comme un bon à rien même pas fichu d'avoir des couilles et de pisser debout. Son plus mauvais souvenir d'enfance, qu'elle prétendait n'avoir dévoilé à personne, et qu'elle me racontait pour la simple raison que j'étais l'homme de sa vie, c'est quand perchée dans un cerisier, à l'âge de huit ans, elle avait vu son propre père enculer un chevreau qu'il égorgeait en même temps. On ne s'étonnera pas avec de tels antécédents qu'Aline ait le caractère fort, sous les apparences flatteuses d'une féminité tout en charme, douceur et mystère. Le mince vernis de ce calme extérieur pouvait craqueler n'importe où, pour n'importe quoi, une intonation, un regard, après les longs jours d'une tranquillité sans nuages. Une fille aux nerfs de verre comme aux nerfs d'acier. Combien de fois m'avait-elle innocemment répété que le plus beau métier du monde, celui que peut-être elle exerçait en secret, était de placer des bombes, au bon moment comme il se doit.

J'étais pour le moins tendu en arrivant à Montrouge, plus tout à fait sûr d'être chez moi. Le premier étage était plongé dans l'obscurité. Se pouvait-il qu'Aline fût absente ? Que son boulot l'ait envoyée à perpète ?... À peine eus-je ouvert le portail qu'il me fallut déchanter. Il y avait de la lumière en bas, dans la cuisine, une douce petite lueur m'appelait, me disait par ici, approche, n'aie pas d'appréhension toi que la vérité ramène au bercail... Tu es parti depuis deux jours, sans prévenir la personne qui t'attendait mourant d'inquiétude ici, de chagrin, tu t'en fiches qu'elle ait ameuté les commissariats, les hôpitaux, et même appelé la morgue en désespoir de cause, cassée en deux par la trouille au bide, à ne plus pouvoir se redresser, ça t'énerve, elle attige, quel gâchis d'angoisse à la noix, quelle prétention, franchement, si on ne peut plus avoir un penchant pour une ex-petite amie sans que la terre s'arrête de tourner… C'est ce que tu penses en ton âme et conscience, avoue-le, devant la maison où tu reviens la queue tuméfiée entre les jambes, la langue en feu, des souvenirs luxurieux plein la tête, et tu tomberais de sommeil dehors si tu n'avais pas une explication à fournir pour te voir accordé un repos bien mérité, mais oui, mérité par la vérité, sois courageux, fais-les ces derniers pas, il y a quelqu'un derrière la porte, une femme qui t'a toujours sauvé la vie.

J'ai tourné la clé, je suis entré. Personne. La valise à roulettes d'Aline au pied de l'escalier, béante. Retour ? Départ ?… Mon couvert était mis au bout de la table, sous la suspension, une bonne flambée ronflait dans la cheminée derrière la vitre. J'eus la sensation d'une présence autour de moi, comme si les murs, les ombres, la bouteille de vin, le feu, tous les objets me regardaient hésiter au seuil de la pièce et faisaient entendre le chuchotis continu d'un vivier. Je n'ai pas accroché mon caban au portemanteau, pas enfilé mes chaussons, pas refermé la porte non plus. Je sentais l'air froid posé sur ma nuque, pinçant, je respirais des bouffées d'acacia. Qui sait ? J'arrivais un peu tard, peut-être, dans la maison du malheur. Aline gisait quelque part, sans vie, et d'une manière ou d'une autre c'est moi qui l'avais supprimée, réduite à me fausser compagnie.

Qu'une femme est capable de se cacher dans une maison pour épier son conjoint qui la croit absente, je le découvrirais un jour. Quand, des années plus tard, j'installerais boulevard Delessert une blonde marchande des quatre-saisons, héritière d'un cours des halles à Passy, elle n'hésiterait pas à disparaître sous le Beckstein, en planque, après avoir fait claquer la porte d'entrée, pour m'écouter téléphoner du fauteuil-club. Et prendre ainsi la mesure de mes intentions concernant le mariage dont j'avais cru bon lui dorer la pilule. Une semaine s'écoula sans qu'un doute m'effleure. Je crois même que j'ai dû jouer du piano, à savoir un mien galimatias d'improvisations ravageuses, étrangères à toute harmonie. Du Beckstein retombaient à l'époque les plis d'un lourd manteau brestois à martingale, acheté neuf sous l'Occupation par feu le frère de papa, lequel s'en était fait une robe de chambre à la fin de sa vie, une tanière. Mon paris-brest, disait-il. Pour sûr, la marchande était bien cachée. Jusqu'à cette nuit chaude de juin où je la vis surgir cramoisie, échevelée, toutes griffes dehors, emportant le manteau brestois derrière elle, alors que j'avais avec Edwige un échange téléphonique si caressant que j'avais dû m'en déboutonner. Mais à vingt-cinq ans on ne soupçonne rien. On a assez à faire avec ses propres roueries. Je me suis avancé le caban sur le dos. J'ai inspecté la maison, le bas, la cave où la vision louche du grand congélateur sous les tuyauteries m'a donné des pensées macabres. Je suis monté au second, mon bureau, la chambre. Le transistor noir gisait sur mon oreiller, dardant son œil vert, il fredonnait. Le téléphone aussi détonait au milieu du patchwork ; et des Kleenex en veux-tu en voilà.

Restait la salle de bain à l'extrémité du palier, de la lumière filtrait sous la porte. Aucun bruit. J'ai appelé avant de pousser la porte et j'essayais d'y voir le moins possible. Les nuées bleutées d'un bain moussant… C'est affolant, un bain moussant quand il a bien failli contenir le corps d'une femme aux veines tranchées, la tête gentiment appuyée sur le rebord émaillé, avec les yeux verts sous les cils noirs qui scrutent le tourbillon des planètes à l'infini, par-dessus les reflets d'une mare de sang. Je suis allé tâter l'eau du bain. Tiède, et la mousse encore bien montée. Il n'était pas vieux d'une heure, ce bain. Où était Aline ? J'ai levé les yeux sur la tabatière et j'ai pensé qu'elle aurait été bien capable de filer par là, même nue, qu'elle n'avait peur de rien. Sa devise : n'avoir peur de rien. Et si l'on a peur, simuler, ridiculiser la peur, la vexer à mort. J'avais peur, je pouvais simuler tout ce qu'on voulait, tromper n'importe quoi sauf mes nerfs. L'angoisse me gagnait, faisait de moi un gosse au bord des larmes, il se jetterait par la fenêtre.

Je suis descendu au premier. On n'y va jamais, d'habitude, on brûle l'étape. Il comprend l'ancienne chambre du mari d'Aline, du temps qu'il habitait la maison avec sa deuxième épouse, et l'ancienne chambre d'Alba que la mère entend récupérer pour le bébé, elle a déjà ressorti un berceau berceur en bois peint, des chaussons bleu ciel tricotés main, un hochet d'argent tout mâchouillé, avec un pois chiche à l'intérieur, présent du grand-père, l'enculeur de chevreau. Rien acheté, ça porte malheur avant la naissance. C'est là que je l'ai retrouvée, chez sa fille, chez son bébé. Elle était derrière la porte et si je n'avais pas allumé je l'aurais manquée. Elle se tenait collée au mur telle une salamandre, atrocement pâle, fixant sur moi le regard sidéré de l'animal pris au piège. Piégé je l'étais autant qu'elle, et je n'aurais pas donné cher de mes yeux quand nous nous sommes vus. Sa chemise de nuit lui tombait jusqu'aux pieds, d'une blancheur presque argentée, elle avait la théière chinoise à la main. Il était clair qu'elle était montée se cacher en entendant ma clé dans la serrure, et qu'elle n'avait même pas eu le temps de poser sa théière.

– Ne dis rien, a-t-elle soufflé.

Il n'y avait aucune agressivité dans sa voix. Je me suis dit qu'elle avait encore raccourci ses cheveux. Je me suis dit qu'elle était plus petite qu'Alba, que sa bouche était plus fine, et ses yeux moins verts. Et que je l'aimais bien davantage tout en l'aimant infiniment moins. Qu'elle était la seule, qu'elles étaient chacune la seule femme de ma vie. Tu veux la vérité ? C'est la vérité. C'est un amour au-delà des mots qui se mêlent toujours de l'indicible et n'en disent rien, l'amour est plus fort que les mots.

Elle est passée devant moi, je l'ai suivie dans l'escalier. Arrivée en bas elle s'est servi à boire.

– Tu as sûrement faim. Il y a ton mignon de porc de l'autre jour au Frigidaire, il est encore bon.

Je me suis attablé. J'ai mangé, bu deux grands verres de rouge. À mon côté, sur la banquette Aline se taisait. Elle ne touchait pas au thé.

Le silence m'a suffoqué.

– C'est pour quoi, ta valise ?

– Mon père va mal, il a besoin de moi.

– Qu'est-ce qu'il a ?

– L'âge de ses artères, on l'a hospitalisé hier soir, ils vont l'opérer.

– Et tu es ici ?

Elle regardait fumer son bol, perdue dans un rêve.

– C'était mon père ou toi. J'irai demain.

Elle a porté le bol à ses lèvres, un geste doux, elle tremblait, on voyait bouger la surface du thé. À quelle vitesse devient-on plus étranger qu'un martien dans la vie d'une femme avec laquelle on a partagé les nuits et les jours, fait corps durant des années, corps et âme. C'est effacé jusqu'aux souvenirs. Exsangues, les souvenirs, dévitalisés, aucun intérêt. J'ai vu sa main dépliée sur la table, une main ronde, solide. Les doigts d'Alba sont longs et fins.

– J'ai changé, non ?

Presque inaudible, sa voix. Elle était bien trop triste pour m'en vouloir. Elle m'a touché la main.

– Je ne te demande même pas d'où tu viens.

De l'index elle me caressait la main.

– Je ne te demande pas avec qui tu étais.

Elle s'est tue, elle se tassait, se voûtait sur la banquette, elle avait l'air d'avoir mal et poursuivait nerveusement son gratouillis d'oiseau contre ma peau.

– Si vous avez couché ensemble…

Envoûté par ces mots abjects, par ses inflexions qui me brisaient le cœur, je me suis levé pour l'entourer, la prendre dans mes bras comme j'aurais pris un revenant, comme j'aurais embrassé maman si par malheur elle s'était trouvée là, trompée elle aussi, honteuse du fils qui l'aimait tant.

Je te fais confiance, avait dit Alba, dis-lui la vérité.

– Aline, j'ai commencé tout bas, tu ne me l'as pas demandé, non. Tu m'écoutes ? Eh bien je t'en supplie, fais-le, demande-le-moi.

Elle a hoché la tête.

– Par pitié, demande-le-moi, parlons-nous, regardons-nous.

– Non, fit-elle sourdement.

– Je suis revenu pour ça, pour t'entendre me poser cette question, pour te parler à cœur ouvert, j'y ai droit.

Elle a plongé une cuillère dans sa tasse, elle s'est mise à tourner.

– Si tu m'aimes, demande-le-moi. Demande-moi ce que j'ai fait, où j'étais, si j'ai bien tiré mon coup, ne crains rien, vas-y.

Elle s'est mordu la lèvre, ses paupières et les ailes de nez frémissaient comme dans les mauvais films.

– Je m'en vais si tu ne me le demandes pas, je quitte cette maison, tu ne me verras plus.

Elle a froncé les sourcils et levé les yeux, montrant son regard d'enfant qui savait tout des saloperies humaines et n'en conservait aucun reflet, ne brillait que pour admirer, trouver beau l'instant présent. Elle a ralenti son mouvement dans la tasse, lâché la cuillère et ne m'a plus touché.

– Tu m'as trompée ?

Je n'ai rien entendu, j'ai lu sur ses lèvres. Le cœur fou j'ai bloqué ma respiration, planté mes yeux d'enfoiré dans les siens et je l'ai sondée jusqu'au fond de l'âme, là où une petite fille oubliée dans un cerisier crevait de peur en attendant ma réponse.

– Ouvre grand tes oreilles, Aline, fais-moi confiance, c'est la vérité… Si je t'ai trompée ? Comment dire ? Bien sûr je t'ai trompée, je t'ai trompée en quittant la maison, en fuyant ces deux derniers jours, je t'ai trompée par mon silence, par mon absence, oui, je t'ai trompée en n'étant pas là, en te laissant t'inquiéter. Mais je regarde tes yeux et je dis non, je ne t'ai pas trompée au sens où tu l'entends, je n'ai jamais trahi notre amour, comment veux-tu !… Tu es ma peau, je suis ta peau, c'est plus fort que nous. Je ne t'ai pas trompée, mon amour, c'est non.

Je contemplais son regard d'enfant limpide et voyant. Tout en parlant j'avais l'impression de verser de la boue dans l'eau d'une fontaine. Je répétais non, c'est non, je ne t'ai jamais trompée, d'ailleurs avec qui j'aimerais bien le savoir, je peux répondre à toutes tes questions.

Elle a baissé la tête, effondrée, et j'ai senti mes bras de trop sur ses épaules, le silence est revenu nous hanter.

– Tu me crois ?

Elle est restée muette un moment.

– J'y pense, elle a dit, Yvonne Lefebvre a téléphoné. Elle rappellera demain.

– Je m'en fous d'Yvonne Lefebvre, je voudrais savoir si tu me crois.

– Oui, je te crois.

– Ouf, j'ai eu chaud… Comment va le bébé ?

– J'ai eu des contractions avant-hier… Je l'ai perdu, je t'ai perdu.

La phrase était bizarre.

– Pourquoi tu dis ça, perdu, tu ne me crois pas ? Je me déshabille, si tu veux. Tu n'as qu'à me flairer si tu as un doute.

– Inutile, a dit Aline, je n'ai aucun doute… Je connais bien cette odeur, je l'ai connue avant toi. Je dormirai dans la chambre d'Alba, cette nuit. Elle me doit bien ça, et toi aussi.

22.

On vit dans l'impunité, c'est ainsi. On se dit qu'il est viable après coup d'opérer le tri sélectif des moments qui nous ont jetés sur la pente, en bonne compagnie. On se dit qu'on a peut-être eu tort mais que tout ça finit par s'atténuer, se diluer dans les eaux d'un beau discours approprié à la nature humaine, tellement sollicitée, la pauvrette, et sur la brèche à perpétuité. On se dit qu'Aline aurait poussé mémère dans les orties, à mettre en doute une parole mensongère sous-tendue par un tel amour de la vérité, un tel amour. On se dit qu'une petite pipe de consolation aurait parachevé ce retour de l'amant prodigue, et remis à son heure solaire la pendule d'une histoire fragilisée, mais non rompue, par ce hiatus extraconjugal. On se dit : merde après tout, on n'est pas de bois. Qu'est-ce qu'on ne se dit pas pour avoir la liberté de remettre les harpions dans ses baskets sans qu'elles se mettent à vous brûler la plante, calcination feutrée, privilège des imposteurs. Et puis la peine que j'avais, le misérable espoir auquel je m'accrochais d'une suite amoureuse avec Alba. Elle s'était retournée dans la zone internationale. Elle avait fait repasser sa voix en territoire national avec ces mots : on va dire une chose. On va dire qu'entre nous ça continue. On va dire qu'on se mariera quand j'aurai trente ans. Si tu n'es plus avec maman et si je ne suis pas déjà mariée. D'accord, Alba, on se marie. Ça nous laisse encore cinq ans pour réfléchir, chacun dans son coin du monde. Un beau mariage rien qu'à nous si l'amour nous prête vie.

On se coucha comme Aline avait dit, elle au premier, moi là-haut. Elle avec Alba, la girafe éborgnée, les draps d'Alba, l'oreiller d'Alba, son odeur, ses plis, moi dans un lit qui puait la clope amère, infesté de Post-it clamant le numéro des institutions susceptibles de conserver un corps humain, mort ou vif, brigade fluviale et autres dépôts grillagés. Quel amour, quelle femme admirable. Elle me laissait tranquille, peinard, libre de m'affaler en gambergeant tout mon saoul. Eh bien quoi, je l'avais trompée, j'avais menti, sans mentir, j'avais suggéré, brisé la maison de verre où elle me cloîtrait, me prenait pour le frère aîné du benjamin qu'elle n'aurait jamais avec moi. J'étais rentré couvert de serments imparables et maintenant j'étais chez moi comme je l'étais hier, un peu plus seul il est vrai, et demain passage à tabac d'Argerich, de Clara. On ment ? On laisse entendre sous les mots couverts, on ment pour adoucir la peine, on ment pour tuer la peur, on ment pour déguiser la vérité suprême, l'amour, et bazarder la coucherie de hasard, vile vérité, mensonge…

Hasard, Alba ? Les lèvres d'Alba ? La main d'Alba sur mon ventre et le vertige intégral de ses yeux ? Hasard, la salive d'Alba, son parfum dont Aline elle-même succombait au charme paradisiaque ? On ment pour ne pas gâcher la salive d'Alba, son odeur, le paradis. Je revivais ma nuit dans l'île, je revivais mes nuits à Raspail quand, par-dessus les géraniums, je mangeais des yeux une infirmière en pyjama citron qui peignait ses longs cheveux d'Alice au pays du cauchemar, mon imagination frustrée. Elle ne l'était plus, frustrée, mais désemparée... Dans la nuit noire Alice ôtait son pyjama d'or pour entrer nue dans mon rêve, ses cheveux sur les seins, pour s'y faire ombre, oubli, retrouver son noyé.

À mon réveil Aline était partie. Le mot sur la balance était gentil. *J'espère rentrer au plus vite. Demain, sauf complications post-opératoires. Si maman ne perd pas la boule entre-temps. Si mes frères prennent le relais... Il y a tout ce qu'il faut pour tes repas au Frigidaire... Commence par la brandade. Ne te jette pas sur l'onglet. Je t'appellerai ce soir. Tâche d'être là.* Il y avait aussi un brave billet d'argent de poche, le billet du vagabond. Après tous les dollars morts du ravisseur d'Alba, le billet vivant d'Aline, le pardon. On m'achetait ou quoi ? Judas comptant et recomptant d'un doigt visqueux la rançon du crime... Je les aurais bien flambés, tous ces billets dans la balance, avec les larmes du repentir, les larmes du désir, si le feu censé tout purifier avait pu carboniser jusqu'au dernier les instants de gloriole où j'avais trahi. Aucune allumette n'y ferait rien. La voix d'Aline affluait dans ma paume, avec le bruit du sang. Tromper c'est déjà recommencer à tromper. C'est un maillon dans une chaîne sans fin. Tromper c'est briser l'unité du premier instant, c'est quitter.

J'ai griffonné sur le mot : *Amour intact, désolé pour la sardine (ou le sardin), la vie est longue, la mer est grande et petit poisson reviendra.* J'ai empoché l'argent, rassuré. Quand même, une telle fantaisie, dans la vie d'une femme aussi rangée, névrosée.

Plein d'une mélancolie délicieuse, je suis monté dans mon gourbi. Du courrier. Le contrat de *Stéréo-bingo*. Une pige mensuelle de trois mille francs. C'est pas beau, ça ? C'est minable, inespéré, on vous paie pour aligner des mots. Mon père n'a pas vécu d'autre chose, des mots qu'on lui payait. Ça change du tennis. J'avais sur mes pas cinq ans d'existence avec Aline, aussi gracieux dans le souvenir instantané qu'au jour le jour quand on feint d'ignorer de quoi demain sera fait. Il est fait d'autres attentes, l'ami, d'autres souvenirs aussi dorés et ruineux. Sans Alba je n'aurais jamais pris conscience d'un si long voyage.

Voilà, je suis au travail, un mur vert pomme devant moi. À droite la chaîne hi-fi, au centre mon Erika portative, à gauche le bigophone, cet ennemi juré.

Il retentit, je décroche :

– Marc Elern ?

– Sans doute.

– Je suis Yvonne Lefebvre…

Silence.

– Vous vous souvenez, c'est moi… Je joue du piano, vous vous souvenez ? Le clavier bien tempéré.

– Ah oui.

– J'admirais beaucoup votre mère, vous savez… Vous vous souvenez ?

– Je ne sais pas.

– … Je l'admire toujours, beaucoup… Ses enregistrements de Schumann, vous les aimez ?… Ils sont lumineux…

Ce vocabulaire des musiciens, la lumière, la grâce, la joie, on se croirait chez les anges.

– …

– Vous êtes jeune, je crois. Puis-je vous demander votre âge ?

– J'ai vingt-cinq ans.

– Un âge intéressant… Un âge de raison, de fougue… Moi j'en aurai bientôt quatre-vingts.

J'avais la main crispée sur le combiné, un affreux désir de raccrocher.

– … Et toute ma vie j'ai tout donné à la musique, à la vie, ce qui est beau c'est de tout donner… Vous aimez ce qui est beau ?

J'ai dû répondre oui, pas davantage, une syllabe avalée, la gorge sèche.

– Ce qui est beau c'est de se donner tout entier sur la terre et de repartir les mains vides, vous comprenez ?

– Oui madame.

– C'est notre talent… On nous donne des mains, on nous les reprend. Entre-temps nous les avons vidées, libérées d'un trésor. Votre mère l'a fait… Votre mère est repartie les mains vides. Elle a tout donné au talent d'aimer les siens, c'est à lui qu'il faut tout sacrifier, que ce soit par l'art ou n'importe quoi.

– Bien Madame.

– Si vous comprenez ça vous comprendrez que vous m'avez fait une peine folle avec votre journal…

Je l'entendais respirer au bout du fil et j'imaginais ma mère au clavier, boulevard Delessert, son châle en piqué mauve sur les épaules.

– … Et puis quoi d'autre, c'est tout… Une peine folle… Vous m'avez appuyé sur les doigts de toutes vos forces et j'ai les os fragiles. À mon âge, vous verrez… Freddy m'a dit… Mais vous ne connaissez pas Freddy… Je souffre du dos… Je ne peux plus jouer en concert.

Je voyais boulevard Delessert les robes accrochées dans la penderie du vestibule, noires, bleu nuit, roses, lamées, pailletées, mangées aux mites, enneigées d'une poussière d'oubli, avec les vignettes mauves du pressing agrafées à l'étiquette, les robes de concert de maman, autant de mues sacrées qu'on n'osait pas toucher, donner, détruire, et que l'âge détruirait comme il détruit les sables et l'eau.

– Ne recommencez jamais, s'il vous plaît, videz-vous les doigts autrement qu'en écrasant les mains des artistes, on a besoin d'eux.

Elle dit encore très loin, d'une voix qui s'en allait, faiblissait, et j'eus l'impression d'intercepter une conversation avec une autre planète :

– Je vous ai assez embêté, vous savez, je ne vous embêterais plus… Voilà, une peine folle, à bientôt.

La voix d'Yvonne Lefebvre s'ouvrit un chemin dans mon cœur. Yvonne, le prénom de ma mère… Ce n'était plus elle qui parlait, c'était maman sur son lit d'hôpital, condamnée, entourée de livres et narcotiques, marmonnant que j'arrivais tard. Elle attendait pour fermer les yeux de m'avoir dit sa peine folle et sa déception, et montré dépliées sur le drap, perfusées, ses mains gonflées, ridées, ses mains d'artiste et de mère de famille, elle fermait les yeux devant un fils qui trompait son fils, sa vie.

À midi, toujours aussi choqué, j'appelais François-Marie du Trieux pour lui proposer une chronique sur le sport. Le sport vu comme un art. L'art vu comme un sport. Les temps nouveaux. Un artiste, un sport. Je pouvais commencer par François-René Duchable, ancien futur moine, soliste reconnu, excellent tennisman. Ensuite, je pourrais chroniquer la violoniste Anne-Sophie Mutter qui nageait sans doute à ravir, un atout pour le visuel, *persona grata* sur le yacht de Karajan. On pouvait imaginer l'inverse, aussi, dans un esprit de complémentarité dans l'excellence. Il se disait que Bjorn Borg faisait mieux que se débrouiller à l'accordéon et que Platini tâtait du clavecin au Quartier latin. Et pourquoi pas un peintre footballeur de la stature d'Alechinsky ? Ou les marottes artistiques des candidats aux présidentielles, à commencer par Krivine, il faisait sûrement du patin à glace…

François-Marie a raccroché subitement. J'ai déchiré son contrat. Tu peux dormir à poings fermés, Yvonne, maman.

Il n'est pas dit que ma mère se souvienne de moi là où elle est, ni qu'elle daigne encore ouvrir les yeux pour m'indiquer la présence de ses mains perfusées sur le drap. L'important, c'est que j'ai toujours à cœur d'être avec elle en toute saison, et de puiser dans son regard oublieux un désir de retour. L'important, c'est de garder en soi présente la mère qu'on a perdue, moins loin qu'on imagine, et de la retrouver autant que faire se peut, ressuscitée par les signes que le hasard fait neiger dans l'ombre autour de nos pensées, de nos péchés. Ouvre grand les yeux elle ouvrira les siens. Sois aveugle elle t'oublie. Il n'est pas dit que maman se souvienne de moi. Il n'est pas dit que je mérite indéfiniment sa mémoire.

L'après-midi, plus que jamais désireux de repartir du bon pied, je sonnais boulevard Delessert. Ma dernière visite remontait au printemps. À ma stupéfaction, ce fut Edwige qui m'ouvrit. Mon père était au Honduras, elle habitait depuis une semaine avec Cathy. Elles m'avaient d'ailleurs téléphoné pour m'inviter à dîner… chez moi. Elle s'était permis de ranger l'appartement, un souk innommable à son arrivée. Elle était pieds nus, un kilt abricot, un sweat gris fer pas vraiment assorti ni vraiment à sa taille. Un sweat à moi, le haut d'un survêtement fourni par les jésuites d'Évreux, que j'avais négligé de rendre aux bons pères. Les seins d'Edwige dans mon sweat de lycéen. À mon grand désarroi j'eus cette pensée, j'en eus bien d'autres. Elle rayonnait, me tenait les mains, elle me fixait dans les yeux, prolongeait l'incrédulité du premier instant, quand l'apparition d'un être inespéré fait l'effet d'un miracle.

– Tu sais où je dors ?

– Avec qui je ne veux pas le savoir.

– Toujours aussi bête.

– J'espère pour toi que tu as changé les draps.

– En tout cas ils sentent bon.

– Toi aussi.

Mon sweat, ma chambre, mes draps… C'est dans un cas pareil qu'il faut s'avouer vaincu. On est humain. Il est humain d'être dépassé par les événements. Il est humain de tourner les talons. Va-t'en, va-t'en vite, pensais-je tandis qu'Edwige me tirait par la main vers le salon, comme si je ne savais pas où il était. Et dans son dos, le sweat gris fer annonçait indéfiniment en lettres floquées : INSTITUTION SAINT-IGNACE D'ÉVREUX.

– Mon frère ! s'égosilla Cathy à mon entrée. Et moi qui panouillais dans mon humeur du jour. Lamentable ton papier sur Yvonne Lefebvre, j'espère que tu as honte, en plus c'est très mal écrit.

Lâchant son bloc elle s'élança du canapé à ma rencontre, et je fis in extremis un pas de côté pour l'attraper au vol. Un jour elle se rétamerait à ce petit jeu de piste aux étoiles. Un jour on la ramasserait le nez en sang.

– Tu n'es pas bien grosse, dis donc.

– Normal, je ne mange plus. La faute à qui ? Tu as viré ta vieille araignée ?

– Elle est en Normandie, j'en profite.

– Super, tu couches ici ?

– Jamais de la vie. Son père est en train de crever. Elle doit m'appeler à la maison.

Cathy partit d'un air joyeux, pendu à mon cou.

– Il est mort, à l'heure qu'il est, le vieux. Qu'est-ce que tu nous gonfles avec tes bouseux ! Elle ne t'appellera pas… Sors du champagne, Edwige. Il a toujours soif. Il a tellement tété maman qu'elle n'avait plus rien pour moi. Mais ce qu'il est beau, mon père Noël, ce qu'il est frais. Tu veux déjeuner ou dîner ? Tu veux dîner, je te connais, frérot. Déjeuner ça te rase, on est pressé, l'heure tourne et ça vous noue l'estomac. Même quand tu déjeunes, toi, tu dînes, tu veux que la nuit passe à table aussi, pas une petite nuit sur le pouce, la nuit qu'on nous a toujours inculquée, quand on était petits…

– Elle a mangé du lion ou quoi ?

– Ah justement, tu veux manger quoi ? Du poisson ? On en a plein, on a des sardines à gogo, du thon, du maquereau… On est un peu juste en steaks au poivre.

Il est tout aussi humain de ne pas tourner les talons quand les événements qui vous dépassent, non seulement vous font plaisir mais acquièrent dans leur aberration zodiacale une puissance de révélation. On mit le couvert dans la salle à manger, les assiettes de la compagnie des Indes. On ferma les rideaux pour allumer les bougies des trois candélabres à cinq feux chacun. On fit tourner sur la chaîne hi-fi du salon, toutes portes béantes, une boucle sans fin de psyché-rock, Sex-Pistols, Shadows, Mozart, Puccini, flamenco, bourrées médiévales, flûtiaux castrés, pousseurs de Yodls et tyroliennes, riffs de rock, de punk et autres sonates au clair de lune, le salmigondis croisé des préférences d'Edwige, de Cathy, de moi, pour oublier bientôt nos agapes de chips et sardines, et ne plus bâfrer que des agapes d'hilarité noyées au champagne, et danser, rire, se jurer le charabia hystérique d'un amour qu'on emporterait dans la tombe, après avoir vécu tous ensemble dans la plus vierge des landes, au bord du plus vierge et du plus délicat des océans, sans personne à la ronde excepté l'aube et la lune, et les morts… À quel moment Edwige monte sur la table ? À quel moment son kilt vole autour de sa taille ? À quel moment ses longues cuisses polies réfléchissant la lumière bercée des bougies ? À quel moment je demande à Cathy tu dirais quoi, sœurette pour la couleur de la culotte d'Edwige, et elle répond du tac au tac cerise à l'eau-de-vie, ce qui déchaîne en moi l'envie la plus dingue à cette vision ? À quel moment j'irais bien me rouler un joint entre les cuisses d'Edwige et j'en parle à voix haute, comme ça vient ? À quel moment, le dos nu, elle est couchée sur la nappe pour que je lui place ces mêmes ventouses, encore noircies, que je plaçais sur le dos de maman déchirée par la toux ? À quel moment, à travers nos torrents d'hilarité, je finis par entendre qu'on sonne furieusement à la porte d'entrée ?

– C'est une fille, une Allemande, une loreleï.

– Bonjour, qu'y a-t-il pour votre service ?

– Bonne nuit. Je m'appelle Jennyfer et je suis fatiguée. Le sommeil n'est pas mon point fort, des migraines à hurler. J'ai pris des Mogadon, mais aussi du moka, erreur. C'est pourquoi je vous demanderais de baisser un peu la…

– L'abat-jour, Jennyfer chérie, mais bien sûr. Entrez donc, je vous attendais.

– Seriez-vous le ?…

– Père Noël de Cathy, absolument. On s'apprêtait à tirer les rois. Vous êtes notre plus cadeau.

23.

Je n'étais pas à Montrouge quand Aline avait appelé, sur le coup de minuit, pour m'annoncer que son père avait subi l'ablation du duodénum et que, présentement en salle de réveil, il semblait en mesure de se retaper. Et pourquoi pas d'enculer des chevreaux du troisième âge… Je n'étais pas là quand elle avait appelé à deux heures du matin puis à sept, jetée à bas du lit d'appoint, dans la chambre d'hôpital, par le pressentiment que j'avais tout bonnement découché – mot subtil, inversé, génial d'hypocrisie, par lequel on fait choir sur le tympan du conjoint le plus fatidique des sous-entendus – tu couches ailleurs, tu t'es couché sur quelle âme sœur, avoue-le ? J'étais là, plutôt penaud dans la salle à manger, l'attendant devant un bon feu, quand le lendemain soir elle était enfin rentrée, contente de retrouver la maison, et moi dans la maison.

– Je ne te fais aucun reproche, amour… Je suis tellement fatiguée… Tu as bien droit de sortir après tout, tu es jeune. Tu étais chez Tim ?…

– Exactement.

– … Ou chez les Elern ?

– Ne t'écorche surtout pas la langue en disant : ta sœur ou ton père.

J'étais au bout de la table, un ustensile imposant tout en longueur, écorché sur les bords par les canifs des ouvriers agricoles embauchés à la saison chez les parents d'Aline. La vraie table d'hôte où le maître à bord est un fermier cruel qui partage le pain, le vin, les mots. On ne s'asseyait pas à cette table sans repenser aux minutes épiques de son passé paysan.

– Tu es agressif, j'ai besoin d'une grande gentillesse de ta part… C'était bizarre là-bas, tu sais. Maman est comme un enfant, elle me suit partout… Papa m'a souri…

Voilà qu'elle s'attendrissait sur son vieux plouc, la *desperada*. Ça ne faisait jamais qu'une vie entière à déclarer qu'elle le collerait à l'asile, tôt ou tard, avec consigne aux infirmiers de lui bromurer son potage et de ne jamais tourner le dos. Ou qu'elle irait elle-même les lui couper… Si quelqu'un devait mourir sur terre et servir de nourriture aux bêtes à bon Dieu que sont les pourceaux et les ânes, c'était bien lui… Un soir qu'elle avait eu peur, qu'elle pissait de trouille en le regardant torgnoler sa mère qui chouinait mais ne voulait pas dire pardon pour la soupe trop chaude, il avait mis sa culotte pisseuse dans son assiette de soupe et gueulé : mange !… Qu'elle irait les lui couper, qu'il se les boufferait, mange !

– … Et maman lui touchait la main.

La mère ne valait pas mieux. Cocue mais à tout prix dans le camp des hommes, du père et des fils, chialant son honneur perdu mais fêlant hardiment les côtes de sa fille à coups de balai. Si pingre qu'elle mettait à sécher après usage les feuilles de papier toilette sur le rebord du lave-main.

– C'est touchant, ce sourire, cette main. Je t'ai fait du thé.

Moi j'étais au rhum. Ou plutôt j'attendais qu'Aline fût rentrée pour attaquer enfin le somptueux ti-punch que je m'étais servi dans un bol, une dose à flinguer un aurochs. J'ai trinqué avec Aline et je l'ai bu. En deux temps. Et j'ai pensé qu'un autre ti-punch s'avérait nécessaire pour compléter le blindage du premier qui tardait à m'éblouir. J'ai attrapé la bouteille de rhum où montrait ses dents illuminées une négresse à foulard, et remis ça. Ma cervelle brûlait tout doucement dans mes yeux, sous ma langue, sous mes doigts. Une petite châtaigne hermétique à la douleur, qui se fendillait de toute part.

– Aline, j'ai murmuré sans l'avoir décidé, je vais faire un tour au pays des alligators. J'y vais sans toi.

Elle m'a touché la main. Encore un mot et elle me sourirait.

– Sans moi ?

– Ma sœur se marie avec Tim. Ils font ça là-bas. À Tananarive. Matilda nous attend. Tout est prêt. Mon père y va aussi. Tim est déjà en route…

Ça n'a pas loupé, elle a souri, puis baissé les yeux.

– Et je ne suis pas invitée ?

– Non.

J'avais dit la vérité. J'ai repris du rhum. Après un court silence, la question tragique est tombée :

– Tu pars bientôt ?

– Maintenant. J'attendais ton retour. Je voulais te parler.

– Tu m'as parlé.

Sur l'étiquette la négresse à foulard me souriait aussi. Un sourire à la mesure des choses en général moins irrémédiables qu'il n'y paraît.

– Pas tout à fait, j'ai marmonné. Alors voilà.

– Tu y vas comment ? À dos d'alligator ? En jonque ?

– À peu près… En cargo.

La vérité. Edwige, la madone des tramps et rouliers qui l'emmenaient au Cap Horn, à Bonne-Espérance, oublier les méfaits d'une éducation trop puritaine à Neuchâtel sous la férule de l'Armée du Salut, se chargeait de nous trouver un embarquement par la Delmas-Vieljeux qui desservait les échelles du Levant, mais aussi l'océan Indien, ce qu'il restait des anciens comptoirs français.

– J'y vais en cargo avec Edwige, je t'en ai parlé. La louve de mer du lac Leman.

– Tu l'aimais, celle-là ?

– Tu aimais bien ton mari.

Elle s'est mordu la lèvre.

– Il te faut de l'argent.

– Matilda paie tout.

J'avais laissé une poignée de dollars sous l'oreiller d'Aline, là-haut.

Sa main s'énervait, la mienne transpirait.

– Et tu comptes revenir ici ?

J'ai détaché l'attention de la négresse au foulard, j'aurais donné cher à cet instant-là pour n'être plus moi-même qu'une étiquette hilare ou non sur une bouteille de rhum.

J'ai regardé Aline :

– Approche, s'il te plaît, baisse la tête, ne discute pas.

Elle a mis son front sur mon avant-bras, et j'ai dégagé ses cheveux noirs collés par la sueur, imprégnés d'une odeur sucrée d'hôpital. Son oreille nacrée d'enfant m'a soudain paru concentrer toute l'enfance du monde, toute l'enfance dont l'univers est capable au fil des temps pour se reprendre à espérer. Est-ce que l'enfance entend la vérité quand on lui dit les choses ? Quand on lui montre les étoiles, les bateaux sur l'eau, Dieu sur la croix, les anges aux ailes de poisson d'avril ? Est-ce que l'enfance entendrait la vérité si le rideau se levait sur les charniers, les partouzes et les chambres à gaz ?

Mes lèvres ont effleuré la tiède oreille d'Aline et j'ai dit tout bas :

– Je t'ai trompée…

Edwige m'avait viré du lit, dans la nuit, chassé de mon propre lit où elle dormait avec moi, furieuse que je me sois mépris sur son offre samaritaine et que je parle encore d'accouplement, de cerise à l'eau-de-vie, après tant d'années sans nouvelles de moi, sans une ombre de réponse aux questions qu'elle m'avait fait parvenir à travers ciel et mer. J'étais descendu chez l'insomniaque Jennyfer qui m'avait accordé l'hospitalité dans son lit, dans l'immense paddock de Tim absent, à condition que je ne bouge pas d'un cil, n'émette aucun ronflement, ne lui demande pas pourquoi elle dormait un linge humide sur les yeux. À l'aube, sans que je réclame rien, elle m'avait accordé généreusement une jolie masturbation, les yeux toujours bandés, assez honnête pour me prévenir : ça ne t'embête pas si je pense à quelqu'un ? Ce à quoi j'avais répondu : ça ne t'embête pas si j'en fais autant ?

– Les autres jours aussi tu m'avais trompée ?

– Oui.

Bien sûr des pleurs mouillaient mon avant-bras. Bien sûr j'imaginais les yeux grands ouverts d'Aline apercevant les boutons de ma chemise, le bois ciré de la table tutélaire, l'horizon d'une femme à laquelle on vient d'annoncer que l'avenir s'effondre et que ça ne fait pas plus de bruit que ça, que l'heure est partout la même et nulle part.

– Ne t'en va pas s'il te plaît.

– Je reste un peu, non ?

– J'aimerais savoir…

– Aucun détail, on a dit. Tu sais la vérité.

Elle a soupiré.

– C'est bien, ça m'aide… Surtout en ce moment, avec papa, avec maman qui retombe en enfance… Je t'ai, c'est bon de t'avoir.

– Je m'en vais, Aline.

J'ai vu son dos tressaillir, j'ai pensé à toutes les raclées qu'il avait subies quand elle était môme.

– Vas-y, ne t'inquiète pas. Tu me quittes pour personne, si j'ai bien compris ?

– Personne.

La vérité. Mon cœur l'avait quittée depuis longtemps, mon corps suivait, c'est tout.

– Tu m'écriras… Tu reviendras, tu nous rapporteras des alligators… On va dire une chose, tu seras à moi où que tu seras, promis ?

– Non.

– Tu souffres, amour. Comment je peux faire, moi ? Oh je ne veux pas que tu souffres.

Je pleurais aussi. Tout ce rhum, toute cette hilarité des heures précédentes, la négresse qui se tient les côtes, les nerfs se disloquent, le cœur ne sait plus comment il bat ni pourquoi.

– J'en ai juste un peu marre.

– Une bonne nouvelle, amour, si tu es d'accord. Quand papa m'a souri il avait ses beaux yeux bleus, et je n'ai plus eu aucun doute. C'est décidé, je garde le bébé.

– La sardine ? Mais je croyais…

Elle a ri contre ma peau, du bonheur est passé dans sa voix.

– Elle va très bien la sardine, le plus aimé des petits poissons. J'ai dit ça pour te faire souffrir, l'autre soir. Je souffre tellement. Viens, on va dormir, tu es fatigué, tu as les yeux explosés… Tu t'es drogué ?

– J'ai fumé, je pars.

Elle s'est redressée pour nicher son front contre ma poitrine, son nez morveux s'écrasait sur mon sternum, elle se frottait à mes poils.

– Pars, oui, n'écoute pas ce que je dis… J'ai mal et je dis n'importe quoi, tu perds du temps. Allons faire ta valise.

– J'ai déjà préparé mon sac.

– N'oublie pas ton passeport. Je ferai ta valise plus tard, tu viendras la chercher quand tu veux, je n'ai pas besoin d'être là, tu ne me verras plus si ça t'est pénible.

– Je vais monter ton sac d'abord.

– Je vais dormir ici, sur la banquette, elle vient de la ferme. J'y serai bien. C'était mon lit quand papa ronflait. Je dînais tous les soirs à cette table, et là tu es à la place de papa, il serait content.

J'y avais eu droit dès le premier soir, au refrain louangeur de cette table, qui, moi, m'avait fait l'effet d'un bloc opératoire, tant elle avait de souffrances à raconter, de couteaux à montrer.

J'ai encore une fois voulu me lever mais Aline s'accrochait à moi de tout son poids, de tous ses nerfs.

– Je pensais ne jamais y arriver…

– Et tu l'as fait. Tu es un homme à présent.

– … À te dire la vérité. J'aurais préféré mourir.

– Moi aussi, mourir… Ce sont des mots… La vérité aussi. Les mots ne peuvent pas être la vérité.

– Voilà qui nous change.

Elle s'est immobilisée, soudain calme et détendue. Elle a repris d'une voix liquide :

– Qu'est-ce que tu m'as dit, d'après toi ? La vérité ?

– Oui.

– Tu appelles ça la vérité ?

– Oui.

– Répète-le.

– Je t'ai trompée.

– Menteur !

Elle avait relevé la tête, les yeux rouges, écarquillés, la face exsangue, une grimace lui tordant la bouche en un ricanement de hyène blessée à mort, et sa souffrance était telle que son haleine empestait :

– Pour que tout soit bien clair entre nous, elle a dit encore d'une voix sifflante, et pour que tu n'aies plus jamais affaire à la vérité en ma présence…

Elle cherchait son souffle, elle écumait :

– Sache que je ne vois aucun inconvénient, menteur, à ce que tu emménages avec Alba quand tu sortiras d'ici, je parie qu'elle t'attend dehors.

Pourquoi lever le rideau sur la suite ? Elle est douloureuse et toutes les douleurs n'ont pas besoin d'être dévoilées ni chantées. C'est la vérité.

24.

Retour aux années 2000, à la maisonnette des Ponts-et-Chaussées, blanche à la pointe sud-ouest de l'île, accroupie sous l'œil carré d'un phare éteint. Rouge fané, l'œil, coquelicot, et la nuit couleur de nuit, de lune et d'océan mêlés, plus riche en présages que le marc de café, plus voyant éteint qu'allumé. Inconsciemment j'ai dû m'en inspirer pour procurer aux personnages de cette histoire la sensation d'avoir existé, d'ailleurs qui sait ? C'est vrai, bien des années ont pris la tangente depuis que j'ai réussi à me décoller des mains crispées d'Aline et à refermer derrière moi le portail de cette ultime enfance à Montrouge. Et ce n'est pas quand j'ai dit : je pars, que je suis parti, non, peut-être un an plus tard, dans une ambiance apparemment réparée. Au moment de passer à table, un matin, j'ai croisé le regard de ma mère sur la photo Harcourt accrochée au-dessus du piano droit, je l'ai décrochée, et cette fois Aline est restée les mains posées sur les genoux, la tête baissée, une statue livide. Avant d'y aller je me suis retourné, les yeux au sol.

– Aline, j'ai dit, lorsqu'Alba a téléphoné l'autre jour, l'appel t'était destiné. Elle a dit ces mots : tu m'as manqué mais c'était toi qui lui manquais. C'est à toi qu'elle pensait parler…

Là-dessus j'ai pris la porte, il faisait froid, c'était l'automne et le figuier perdait ses feuilles. Aline m'a rejoint au portail et les choses se sont gâtées comme je vous l'ai déjà dit.

La séparation fait mal au corps des deux amants, celui qui s'en va, celui qui se croit seul à écoper les regrets et l'humiliation d'une rupture imposée. C'était fichu Aline et moi. Je ne supportais plus qu'elle veuille encore me pardonner, que tout puisse indéfiniment recommencer et trouver grâce à ses yeux. Je ne supportais pas d'avoir enfreint ce vœu sacré pour nous, la fidélité. Seule la mort nous séparerait ? Tromper une femme qui vous aime et vous a confié son amour c'est un peu la tuer, non, mettre fin à ses jours qu'elle croyait uniques au monde, et doués d'une éternité que la mort ne ferait qu'emporter ailleurs. Sincèrement, je devais changer d'air et sans hésiter. Je m'étais débarrassé d'Aline en aimant Alba plus qu'elle, et désormais je la tuerais tous les jours en continuant à l'aimer, à l'espérer, à lui faire l'amour en secret, à la caresser en secret, quel que soit le corps de femme sur lequel je me débattrais pour l'oublier. J'avais habité Montrouge comme un livre d'enfance à l'abri des instants réels, une histoire sans fin. Le livre était déchiré, l'histoire en loques. Ce n'était plus à Montrouge que ma volage enfance approfondirait son terrier. Au moins, dans la douleur, j'avais trouvé l'élan des aveux dont se forge la vérité, ce couteau dans la plaie. À propos, c'est bien mon eustache à moi qui les a percés, les pneumatiques de la Yamaha noire de Tim, le 24 février 1974, au pied du 103, boulevard Delessert. Et le 6 mai j'ai voté Giscard non pas Krivine, en expliquant aux bons entendeurs que je m'étais rabattu sur Mitterrand. Et quand Alba téléphone à sa mère d'Israël pour l'inviter à son mariage, et qu'une fois encore c'est moi qui suis au bout du fil, à l'aube ? Quand elle vient à Paris crécher dans une bagnole de location, après la mort de son mec, devant le téléphone public du parc Montsouris ? Tout ça parce que sa maman lui manque, pas pour moi ? Ce n'est pas la vérité, ça ? Oui, mais je doute encore, en amour, que ce mot ne soit pas un tonneau des Danaïdes où il faudrait engouffrer tout ce que l'on est pour qu'il cesse de fuir et d'avoir soif.

D'Aline ou d'Alba, qui mentait ? La fille ? Elle aimait sa mère à la folie, préférant l'effacer d'un mensonge fabuleux plutôt que de n'être pas aimée d'elle en retour, ou pas assez. La mère ? Elle aimait Alba, soi-disant, comme la prunelle de ses yeux, mais aussi comme un prolongement d'elle, une chose, un être second qu'elle pouvait haïr à sa guise et qui n'avait aucun droit à revendiquer. Pour élever sa fille elle s'était sacrifiée, supportant un mari ennuyeux, se passant d'un amant adoré, bien sûr l'homme de sa vie. Le sacrifice maternel faisait de l'enfance d'Alba une faute impardonnable, un fossé définitif entre mère et fille. Elles n'y pouvaient rien. Elles se manqueraient toujours.

J'ai raconté sans mentir leur histoire et la mienne, en appelant au secours du souvenir les mots d'une imagination toujours prompte à bercer, enjoliver, détraquer les sabliers ou les garnir de grains d'or, ceux-là recherchés pour leur apesanteur. Les dates et moi. Les heures et moi. Ignorer le temps, mon passe-temps quotidien. Mais exposer tout uniment le vrai des faits qui m'ont marqué après le 5 mai 1969 n'aurait pas excédé ces trois mots : maman, les femmes et moi. À la rigueur cet incipit : après le 5 mai 1969, à défaut de trouver en Aline une autre mère à plein temps, je me fis à l'idée que toutes les femmes étaient mes amantes potentielles, et toutes aussi les amours de ma vie…

Est-ce ainsi que le romancier met à nu sa mémoire et son être incertain, lui qui n'invente rien qu'il n'ait vécu d'abord à son échelle d'homme ? Est-ce ainsi qu'il parle à ses semblables, leur touche la main ? Alors bénissons l'écrivain assez chanceux pour nous mettre un jour entre les mains la rêverie mythique et les mots dont nous avons besoin, tous, pour nous aimer les uns les autres et sourire de ce que nous sommes, à travers nos larmes, à travers nos cris, nos vérités ambiguës, et nous pardonner.

Chassé du paradis j'ai installé mes pénates en enfer. Si j'osais, je dirais que je me suis mis en taule à Romainville, mû par un désir de châtiment que je n'ai cessé d'éprouver depuis la première fois où mon père m'a dit : tu mens, et le métal de ses yeux brillait d'une lumière de couteau, et je disais vrai, ce n'était pas moi qui avais becqueté la plume or de son stylo Waterman posé sur un bureau dont je ne m'approchais qu'en tremblant, envoyé par ma mère pour des raisons de service familial. Par *taule* entendez la jonque en fer de Tim épontillée sous une bâche de chantier à Romainville, vis-à-vis d'une usine d'embrocation dont les effluves émétiques parfumaient jusqu'à l'eau douce du réservoir. Tu es chez toi, m'a dit Tim, jusqu'au grand départ pour les tropiques. J'étais chez moi dans cette jonque en tôle zinguée que la mer n'humecterait jamais. Je pouvais m'évader. Il n'y avait pas de hublots sur les encadrements glacés, pas de lamellé-collé sur les murs d'acier à vif qui transpiraient la rosée. J'étais le gardien du temps d'arrêt que je m'étais infligé, honteux de quitter Aline, honteux de souffrir par compassion, honteux d'avoir mordu au sang la pomme Alba, morsure que je payais de mes jours bien tranquilles à Montrouge, honteux d'aimer une fille qui m'avait tout donné pour oublier qu'elle était en deuil, paumée, j'étais passé par là. Honteux d'y penser encore, à elle seule, quand frigorifié sur ma couchette, incapable de m'endormir, je trouvais sur ma peau l'antidote à cette fringale de possession qui lancinait mes sens. Dans cinq ans, elle avait dit, on se mariera dans cinq ans. Je lui dirais quoi, dans cinq ans ? Est-ce que tu m'aimes ? Est-il vrai que ta mère s'est fait ligaturer ? Est-ce que tu mens toujours ? Tour à tour les cinq ans de franchise annoncés par Alba se réduisaient à cinq minutes ou s'étiraient aux dimensions de cinq océans Pacifique mis bout à bout qu'il me fallait traverser à la nage pour atteindre la belle qui m'attendait cuisses écartées sous le palmier solitaire de notre île au trésor.

Entre-temps je vivais à la va-comme-je-te-pousse. À la fraîche, je buvais de la bière au litre avec les ouvriers de l'usine, des Turcs, des Polonais, des Maliens, moi le fils de l'égyptologue le plus couru d'Europe. À midi je partageais leurs gamelles au bruit métallique des agitateurs plongés dans les ballons de verre où schlinguait à vomir le dichloréthane en cours de chauffe. Le soir je me rendais en stop boulevard Delessert à travers banlieues et quartiers. Papa me disait : ça va p'tit vieux ? toujours aussi discret sur ma vie privée. Montrouge ou Romainville, c'était mes oignons. Pavillon, jonque, Armée du Salut, si ça m'allait comme ça.

Un jour il me prit à part, l'air sérieux, comme s'il n'avait pas peur des mots, lui que les mots font rougir jusqu'au front : dis-moi, p'tit vieux, pourquoi n'as-tu jamais répondu à mes lettres ? Il eût été si simple pour moi d'avouer : j'y ai répondu, papa, c'est toi qui ne les as pas reçues. J'ai fait des brouillons, j'ai recommencé, je t'ai tout dit, mais tu n'as rien entendu. C'était la nuit, je dormais. Aussi timide que lui, mais quelque peu menteur par sa faute, j'ai répliqué : quelles lettres ?... De temps en temps Cathy me glissait un billet. Il y avait du papa là-dessous. Et regagnant ma jonque à pied dans la nuit qui n'aime guère les stoppeurs, j'imaginais ce monsieur Lincoln dont l'effigie barbue frappe les bank-notes américaines, et je regrettais un peu d'avoir abandonné tous ces dollars sous l'oreiller d'Aline. Je n'avais même pas pris la peine de compter le pactole du mort. Après Lincoln je regardais une ombre humaine dégringoler d'un plongeoir au clair de lune. Décidément, cet argent m'aurait tué.

Sans le sou, j'ai repris du boulot pour François-Marie qui se languissait de ma prose au vitriol, mais je n'ai plus jamais tordu les mains à ces gens qui font métier de mettre en liberté l'âme enfermée du monde, enfermée en nous, en toi, et de nous prodiguer l'ivresse dionysiaque de la note bleue que Dieu en personne reviendra souffler sur nos lèvres, un jour. Quand j'eus gagné assez d'argent, je partis à la recherche d'Alba. Quand j'eus rencontré de jolies filles en la cherchant, quand j'eus beaucoup parlé d'amour aux unes et aux autres et considéré chaque fois que j'arrivais au but, quand j'eus compris qu'aimer est le plus beau des voyages à condition de parvenir à Jérusalem l'année suivante, de ne plus aller voir là-bas si tu y es : quand j'eus compris cela, je revins me poser à Paris, décidé à ne plus faire l'enfant d'une fille à la suivante, à me battre pour le moi partagé d'un amour qui serait toute ma vie. Et, désormais, j'y suis ? J'y reste ? Inch Allah ? Trop beau.

Il m'est arrivé l'an dernier d'être jaloux – début mai, je n'y peux rien. Je suis venu dans cette île avec ma jalousie, mes prétendus griefs, et mon orgueil destructeur s'est réveillé. C'est pour le fiche en l'air que j'ai attrapé un stylo sur la table et commencé à griffonner mon histoire à moi, Marc Elern, où je ne suis qu'un être chimérique, à la ville comme à la page, bien plus vivant pourtant que si je m'étais borné à regarder mon portable ne pas sonner, avec la ferme résolution de ne pas appeler moi-même, de ne faire aucun premier pas dont elle irait se pavaner, la vilaine. Fermé comme une huître j'étais, ou comme une pierre.

Et voyez comme la vie est belle, auprès des femmes. Je n'avais pas plus tôt fini de raconter la mort de ma mère, un 5 mai 1969, qu'elle est arrivée par le bateau vers midi. Comment savais-tu que j'étais là ? Enfance de l'art, je suis chargée, aide-moi…

Papa n'étant plus ici-bas, le boulevard Delessert vendu, Cathy nous avait fait livrer chez nous les deux valises en peau de porc de l'égyptologue, bariolées d'étiquettes, contenant le manteau brestois d'avant-guerre, mais aussi les robes de concert de maman que ma sœur n'osait toujours pas donner. Incrédule, je regardais sur la cale du courrier ma femme aux yeux doux et ces valises habituées aux tours du monde, aux cales de navires, aux soutes des avions, aux mains tavelées des dockers, deux sarcophages dont l'un renfermait maman, l'autre mon père, et je n'aurais été qu'à moitié surpris si deux cygnes tout frémissants d'azur étaient venus s'y poser. Fermons les yeux, ils y sont.

Cette histoire à présent touche à ses derniers mots, les voici : comme souvent dans nos îles d'ouest, le soleil est né dans la soirée telle une aurore et la mer s'est illuminée sur tout l'horizon. Grande marée, j'ai dit, la nuit sera claire… Nous sommes sortis dans le jardin, rien de moins qu'un pré domanial aboutissant à la grève, et j'ai vu dehors les valises aux atours de mes parents, côte à côte, mélancoliques, attendant d'être fixées sur leur sort. Sans réfléchir, mon amour sur mes pas, je les ai portées à la grève au bord de l'eau. Le plus murmurant des silences environnait la lumière et l'ombre. Les laminaires miroitaient à perte de vue sur l'océan d'un calme olympien, un temps à traverser la mer à pied. J'ai fait sauter les fermoirs d'une première valise et je mentirais en disant que l'odeur de papa ne m'a pas sauté au visage, cette odeur que j'ai toujours aimée, cette odeur qui fait la paire avec celle de l'iode en ce pays de faune et de flore amphibies, où les poules becquettent des écailles d'huîtres et les moutons noirs paissent les prés salés. Mon cœur battait un peu vite, j'avoue, je voyais mon père se faufiler par un corridor interdit jusqu'à la chambre mortuaire de Kheops ou maman, tout émue, les mains moites, scrutant pour discerner à travers l'éclat des spots ce public bourgeois, bon enfant, passionné, venu réclamer sa pitance d'harmonies payée aux guichets, Mozart, Schumann. J'ai déplié une première robe, je l'ai couchée sur la mer à même les algues, et bientôt je l'ai vue s'éloigner du bord, attirée dans une fontaine de clarté, emportant vers le soleil couchant ses galons ternis, ses paillettes désargentées, la poussière des heures et les tickets mauves du pressing, et ce mauvais esprit du deuil qui la hantait depuis des années. Puis j'ai confié à la mer le manteau brestois dont les vastes manches à chevrons ont longtemps paru cloquer à la surface de l'océan, puis les autres robes de maman ont suivi, happées au rythme du pas lunaire, accompagnant le fil du courant là-bas, là-bas… Quand j'eus accompli cette œuvre d'absolution il ne faisait toujours pas nuit et des étoiles brillaient à contre-cœur à même le couchant. J'ai refermé les valises et regardé longtemps les laminaires et les robes de maman se fondre au bleu déclinant du soir. On est remontés casser la croûte à la maison. Plus tard, mon amour endormi dans les bras, j'ai pensé qu'il faut ne jamais s'inquiéter ici-bas, ni prendre le parti d'en pleurer, de rien. Fébriles que nous sommes, nous les enfants des femmes, il y en aura toujours une au cours du voyage pour nous sauver la vie.

Allez, mon père aussi m'a sauvé la vie bien des fois. La part du bon Dieu…

Yann Queffélec dans Le Livre de Poche

Les Affamés nº 30800

« *Les Affamés* sont tous ceux que je fus ou m'imaginais devenir autrefois – gosses rêveurs, menteurs, casse-cou, voyeurs, adolescents violents, trouillards, généreux –, trop seuls pour avoir quelque chose à donner ou trop avides pour être attirants. Ils n'obéissent qu'aux lois du désir, ne cherchent que l'amour, la proie, tour à tour innocents, pervers, dépravés. Héros enfantins, ils ne seront jamais tout à fait grands ni satisfaits. Avec *Les Affamés* je revis bien des erreurs que j'ai faites pour ne plus être un insatiable paumé. Mais la jeunesse – le bel âge à vif – est un climat dont on ne réchappe pas toujours, et dans ce cas une fatalité. » Y. Q.

L'Amante nº 31128

Paris, 1969. Marc Elern a dix-huit ans. Il vient de perdre sa mère. C'est dans un état second qu'il passe le bac, partagé entre la douleur et la passion qu'il éprouve pour Alba, une jeune infirmière qu'il épie dans l'immeuble qui fait face au sien, fenêtre dans la nuit. Mais, éjecté du jardin vital de l'enfance, Marc est perdu. Le deuil va faire de ce jeune homme inachevé un amoureux chronique. Après Alba, il s'éprend d'Aline, trente-huit ans, divorcée – une jolie maman. Ils veulent fonder une famille à eux, mais Aline ne tombe pas enceinte, et, détaché d'elle physiquement, Marc finira par la quitter. Il erre ainsi d'une femme à l'autre, d'un âge au suivant, enfant toujours en quête du paradis premier. Toujours en quête du grand amour…

La Dégustation nº 31046

Michel croit encore à l'amour et à son pouvoir de transfiguration quand, à cinquante ans, il épouse Ioura, vingt ans. Il a un secret, mais elle aussi. Il est éditeur, propriétaire d'un beau domaine viticole au-dessus de Nice. Elle est œnologue, romantique, et déguster à l'aveugle lui délie la langue. Mais l'art du vin, la beauté des mots qu'il fait naître ne suffisent pas à repousser la mémoire, et quiconque espère abolir son passé par l'amour est condamné à le revivre.

Happy Birthday Sara nº 14795

Alors que sa famille et son petit ami l'attendent pour fêter ses dix-huit ans, Sara s'est embarquée comme serveuse sur l'*Estonia*, un ferry-boat assurant la traversée de Tallin à Stockholm. Son but : savoir pourquoi, un an plus tôt, son père a été renvoyé de la marine pour avoir fait faire demi-tour à ce même navire, en pleine traversée. Une décision sur laquelle il ne s'est jamais expliqué. Au plus fort de la tempête, entre les lumières des salons-bars et les obscures entrailles du navire, elle va découvrir les menaces et les chantages qui s'exercent sur le commandement au point de mettre le bâtiment en péril. Jusqu'au moment où l'*Estonia*, l'étrave brisée, s'enfoncera sous les vagues… Le romancier de *Disparue dans la nuit* et de *La Force d'aimer* nous entraîne dans un thriller maritime haletant, mené à un train d'enfer. Il se sert de la fiction pour nous proposer, sur le naufrage bien réel de l'*Estonia* en 1994, une explication d'une inquiétante vraisemblance.

Ma première femme n° 30837

« Un homme revient sur son enfance – il est peut-être mon double, mon agent le plus secret. J'ai peut-être essayé, avec l'exploration d'un souvenir défiguré par les années, mais aussi régénéré par le roman, de dessiner pour la première fois le visage de ma mère à qui je dois d'aimer autant la vie. Aime et fais ce que tu veux : tel était son credo sur la fin. Et jour après jour, je puise un certain réconfort dans la pensée d'être son fils et de l'avoir si bien connue. Si bien ?... » Y. Q.

Moi et toi n° 30568

Il est amoureux mais incapable d'aimer. Elle fait monter la pression atmosphérique, elle rend l'air suffocant. Ils connaissent tous les trucs du jeu mortel qui consiste, pour les époux, à se faire aussi mal qu'ils se font bien l'amour, jusqu'à ce que l'un des deux, touché, soit coulé. Il revient de loin, ce couple modèle, et qui sait par quel aveuglement il se croit né sous le signe du grand amour...

Du même auteur :

ROMANS

Le Charme noir, *Gallimard, 1983.*
Les Noces barbares, *Gallimard, 1985. Prix Goncourt.*
La Femme sous l'horizon, *Julliard, 1988.*
Le Maître des chimères, *Julliard, 1990.*
Prends garde au loup, *Julliard, 1992.*
Disparue dans la nuit, *Grasset, 1994.*
Noir animal, *Bartillat, 1995.*
La Force d'aimer, *Grasset, 1996.*
Happy Birthday Sara, *Grasset, 1998.*
Osmose, *Laffont, 2000.*
Boris après l'amour, *Fayard, 2002.*
Vert cruel, *Bartillat, 2003.*
Moi et toi, *Fayard, 2004.*
Les Affamés, *Fayard, 2004.*
Ma première femme, *Fayard, 2005.*
La Dégustation, *Fayard, 2005.*
L'Amante, *Fayard, 2006.*
Mineure, *Blanche, 2006.*

Le Plus Heureux des hommes, *Fayard, 2007.*
Le veau d'or est toujours debout, *Fayard, 2009.*

AUTRES OUVRAGES

Bela Bartok, *biographie, Mazarine, 1981 ; édition revue et corrigée, Stock, 1993.*
Le poisson qui renifle, *livre pour enfants, Nathan, 1994.*
Le Pingouin mégalomane, *livre pour enfants, Nathan, 1994.*
Le soleil se lève à l'ouest, *beau livre, photographies de Jean-Marc Durou, Laffont, 1994.*
Horizons, *beau livre, photographies de Philip Plisson, Le Chêne, 1996.*
Toi, l'horizon, *beau livre, Cercle d'art, 1999.*
Idoles, *beau livre, peintures de Jeanne Champion, Cercle d'art, 2002.*
La Mer, *beau livre, photographies de Philip Plisson, La Martinière, 2002.*
Tendre est la mer, *La Martinière, 2006.*
Tabarly, *L'Archipel / Fayard, 2008.*

Composition réalisée par FACOMPO (Lisieux)

Achevé d'imprimer en janvier 2009, en France sur Presse Offset par
Maury-Imprimeur - 45330 Malesherbes
N° d'imprimeur : 143847
Dépôt légal 1re publication : février 2009
LIBRAIRIE GÉNÉRALE FRANÇAISE - 31, rue de Fleurus - 75278 Paris Cedex 06

31/2440/1